Allitera Verlag

Mit finanzieller Unterstützung der
Sparkassen-Kulturstiftung Hessen-Thüringen
in Frankfurt am Main

Nagelprobe 30

Preisgekrönte Texte des Wettbewerbs
Junges Literaturforum Hessen-Thüringen

Herausgegeben vom Hessischen Ministerium
für Wissenschaft und Kunst

Allitera Verlag

Weitere Informationen über den Verlag und sein Programm unter:
www.allitera.de

Mai 2013
Allitera Verlag
Ein Verlag der Buch&media GmbH, München
© 2013 für die Anthologie: Buch&media GmbH, München
© 2013 für die Einzelbeiträge
beim Hessischen Ministerium für Wissenschaft und Kunst
Umschlaggestaltung: Kay Fretwurst, Freienbrink,
unter Verwendung eines Motivs von Bettina Hermann
Printed in Germany · ISBN 978-3-86906-511-3

Nagelprobe 30

Preisrede

Die Bäume wachsen natürlich in den Himmel

Die Lage, das wollte unser unvergessener Altkanzler Konrad Adenauer immer wieder gern bestätigen, die Lage sei ernst. Aber auch hoffnungslos? Wenn man dem Pechvogel glauben darf, der vom Dach eines Wolkenkratzers in Milwaukee fiel, nicht unbedingt. Als er am vierten Stock vorbeiflog, die längste Strecke hatte er längst hinter sich, meinte er noch hoffnungsvoll – und solche Optimisten braucht das Land –, bis jetzt sei ja alles gut gegangen. Mit dieser Einstellung sollten wir uns unserer Sache nähern. Also:

Poesie öffnet Räume. Punkt.
Oder, von der anderen Seite her betrachtet:
Poesie verschließt sich! Ausrufezeichen.
Das könnten wir, zumindest vorläufig, so stehen lassen. Und weitersehen.

Als ich, das ist ein paar Tage her, in einem Alter war, das mich selbst noch zur Teilnahme an dem Wettbewerb des Jungen Literaturforums berechtigt hätte, wähnte sich, auf gute altdeutsche Art, ein ehemaliger Seemann namens Freddy Quinn »Unter fremden Sternen«, und das Kingston-Trio beklagte, weltweit erfolgreich, das Schicksal des armen Hundes »Tom Dooley«, der am nächsten Morgen, nur weil er eine Frau mit dem Messer erstochen hatte, am Ast eines Baumes gehängt werden sollte, weit, weit weg von hier und überall, im fernen Tennessee.

So etwas hörte ich, damals. Die Welt, die erlas ich mir, damals. Diese unendlichen Räume der Poesie. Ich begeisterte mich maßlos an den Partyleichen von T. S. Eliot:

Frauen kommen und gehen und schwätzen so /
daher von Michelangelo.

Da konnte ich eine Versprechung herauslesen. Poesie und Zorn vertragen sich durchaus.

Angefangen hat das Ganze aber mit Mark Twain, für mich die Prairie am Wasser. Filme darüber gab es noch nicht. Aber die Gestalten waren sichtbar, Tom Sawyer, Huck Finn, der Indianer Joe. Alles spielte sich in dem kleinen Kaff Hannibal, Missouri, direkt am Mississippi ab, und war für mich eine ganze Welt.

Andere Zeiten, gewiss doch.

Als ich, mehr als ein paar Tage später, mit meinem eigenen Sohn, damals auch um die sechzehn, in der Nähe von New Orleans am Ufer des Mississippis stand, meinte er völlig ungerührt, na breiter als der Main ist der auch nicht. Mein Sohn hatte recht. Nur konnte der arme Junge den mythischen »Ol' Man River« gar nicht mehr sehen. Auch, natürlich, weil er bis dahin, und zwar problemlos, ohne eine »Wünschelrute« durch sein junges Leben gegangen war, schon gar nicht mit einer Eichendorff'schen.

> *Schläft ein Lied in allen Dingen,*
> *die da träumen fort und fort,*
> *und die Welt hebt an zu singen,*
> *triffst du nur das Zauberwort.*

Wozu ein Zauberwort, wenn es doch jederzeit Flugreisen zu Spottpreisen gibt. Die Welt hatte sich geöffnet. Wozu noch Poesie?

Wozu? Natürlich um Räume zu öffnen. Aber eben auch, um solche geöffneten Räume wieder vor anderen zu verschließen:

Möglicherweise tue ich unserem Preisträger Juan S. Guse, dem ich diese Absichten unterstellen will, Unrecht. Das muss Guse aber akzeptieren. Denn er will sich in drei, ja, wie soll ich sagen: Gedichten – nein!, Prosastücken – auch nicht!, also, kleinster gemeinsamer Nenner: in drei »Texten« vermeintlich über *die aufhebung der impetustheorie* auslassen.

> *das geschichtete kantholz | vor der mühle ein pflock | auf einem strunk erzählt vom ackerbau zum zahnrad von hinterwäldlern | archiviert der segen der erde als konzept eines löschteiches | die entfluteten felder der ruhr | trocknen*

Hermetisch nennt man diese Attitüde der Abgrenzung. Fragen nach dem Sinn, oder nach der Bedeutung eines solchen

Textes, prallen an solchen Texten ab wie der mental malade Psychiatriepatient an den Wänden seiner Gummizelle. Das macht gar nichts. Denn für schlichte Gemüter mit handfesten Erwartungen sind solche Texte nicht geschrieben. Lesen kann, zur Not, auch anstrengen. Deshalb bedarf Guses Versuch keiner Rechtfertigung. Ganz abgesehen davon, wie Juan S. Guse sich in die neueren Strömungen gegenwärtiger Lyrik einschreibt. Allein solche Versuche rechtfertigen im Gegenteil den ganzen Wettbewerb!

Man sollte es hier also mit dem guten alten Gottfried Benn halten, der ganz nüchtern proklamierte: »Entweder es gibt die Kunst, dann ist sie autonom, oder es gibt sie nicht, dann wollen wir nach Hause gehen.«

Autonom – das heißt natürlich nicht, dass auch jeder Mist Kunst ist. Im Gegenteil.

Von den insgesamt 625 eingesandten Beiträgen segelt tatsächlich ein großer Teil unter der ästhetisch markierten Wahrnehmungsgrenze problemlos hindurch und zeigt auf diese Weise, wie weit sich Ausdrucksbedürfnisse und Ausdrucksfähigkeiten voneinander entfernen können. Diese Differenz hat sich in den letzten Jahren keineswegs verringert. Trotzdem bleiben, Jahr für Jahr wieder, einige Texte durch eine, ich möchte sagen, besondere Duftmarke, wie bei dem »Scheißerchen« von Anne Völker, in Erinnerung.

In den ersten Jahren dieses Wettbewerbes, anfangs nur für das Land Hessen ausgeschrieben, aber auch noch in den ersten Jahren nach der Wende, als Thüringen hinzugekommen war, ließen sich die Beiträge in ihrer Gesamtheit stets als eine Art Bewusstseinsspiegel einer ganzen Generation betrachten. Was in den Köpfen der sechzehn- bis fünfundzwanzigjährigen Beiträger drin war, das kam in ihren Beiträgen raus. Alles das, was diese Generation beschäftigte, von den persönlichen, oft auch nur pubertären Problemen bis hin zu sozialen, politischen Fragen, die steigende Arbeitslosigkeit und ihre Folgen, das Schicksal von abgewickelten und damit ausgegrenzten Menschen, die gesellschaftliche Stimmungslage und die entsprechenden Erwartungen, positiven meist weniger als negativen, all das artikulierte sich in den Beiträgen des

Jungen Literaturforums Hessen-Thüringen. Und es fand, oft genug, auch noch eine – ästhetische – Form. Allerdings von Jahr zu Jahr weniger. In der Zwischenzeit läppert sich vieles einfach nur so dahin, vieles in einer sprachlichen Verfassung, die sich nicht allein auf die unzweifelhaft verheerenden Folgen der großen Rechtschreibereform zurückführen lässt. Die unorthodoxe Sprachbehandlung in vielen, vielen Beiträgen geht eben leider nicht mehr auf einen Originalitätsanspruch zurück, orientiert zum Beispiel noch an Uwe Johnson oder Ernst Jandl, sondern auf Unvermögen und Unkenntnis.

Hier wird nun, damit kein Missverständnis aufkommt, nicht der große kulturkritische Klagegesang angestimmt, nach dem Motto: Früher war alles besser. Das ist nämlich Quatsch. Denn früher war vieles eher schlimmer. Solche Klagen sind also witzlos. Und uralt. Schon der gute alte Plinius (allerdings der Jüngere, ein alter Römer aus dem 1. Jahrhundert unserer Zeitrechnung) hatte darüber gezetert, dass der Wunsch, die Anerkennung der Nachwelt zu erringen, zurückgegangen sei und sich stattdessen das Motiv durchgesetzt habe, Gewinn statt Kultur, statt durch Kultur zu erzielen. Die Zeiten haben sich halt verändert. Das kann man zwar beklagen, aber nicht ändern. Hinzu kommt: Auch die tatsächliche Bedeutung von Kunst und Literatur ist in den letzten drei Jahrzehnten nachweisbar zurückgegangen. Der Distinktionsgewinn, den der französische Soziologe Pierre Bourdieu (1930–2002) dem Erwerb kulturellen Kapitals damals noch zuschrieb, geht immer weiter zurück. Wer liest, gilt eher als Sonderling denn als Junggenie. Das ist den Beiträgen des Literaturforums natürlich auch abzulesen.

Nur: Wie steht es mit denen, die schreiben? Es gibt ja nach wie vor einzelne Beiträge, in denen öffentliche Belange beziehungsweise allgemein wichtige Fragen aufgegriffen werden, deutsche Soldaten in Afghanistan etwa. Oft sogar in einer Form, die der Sache angemessen ist. Aber, bitte, glauben Sie nicht, dass wir, die Jury, also Matthias Biskupek, Daniela Danz, Martina Dreisbach, Antonia Günther, Christoph Schröder, Martin Straub, Renate Wiggershaus und ich, dass wir uns immer einig wären. Das Gegenteil ist der Fall. Wir streiten oft und manchmal ziemlich laut und lange, allerdings mit Argumenten. Am Ende entscheidet dann zur Not die Mehrheit. Auch das ist in Ordnung. Denn ein Moment der Subjektivität fließt in jedes ästhetisches Urteil ein.

Die Poesie ist der genuine Ausdruck von Subjektivität. Deshalb ist der Raum weit, den sie eröffnet. Und die Grenzen sind durchlässig. Wie hier, bei Silva Bieler, zum Beispiel:

Mühsam ohne Wind
Jetzt geht es darum
Wer als erster alle
Blätter verspielt hat
Denn Nacktheit ist Trumpf
Im Dezember

Mühsam ohne Wind. Von dieser Silva Bieler werden wir wohl noch hören. Obwohl das Literaturforum nicht als Vorschule für angehende Schriftsteller missverstanden werden sollte. Klar, es sind einige unterdessen renommierte Autoren daraus hervorgegangen. Ich nenne, für die Träumer unter den diesjährigen Preisträgern, in alphabetischer Folge nur Daniela Danz, Nadja Einzmann, Thomas Hettche, Ricarda Junge, Leif Rand, Annika Scheffel, Anke Velmeke, Maike Wetzel. Und ich warne davor, die Schriftstellerei als möglichen Beruf zu betrachten. Der Preis ist sehr hoch. Wer fähig ist, an der Freude satt zu werden, die ihm eine gelungene Formulierung einbringt – bitte. Aber sonst?

Das Junge Literaturforum betreibt keine Nachwuchsförderung. Sondern? Wichtig scheint mir vor allem, dass tatsächlich ein Raum für Poesie erschlossen wird. Wie bei Marie-Luise Gürtler:

Ein Mondvogel noch singt vom Tag nachts
und eine Geige aus den Feldern streicht gen Gott.

Das heißt, ich sagte es eingangs, die Poesie öffnet Räume. In solchen, oft fragilen, manchmal etwas wackeligen, Gebilden findet unsere Fantasie den Platz, sich auszubreiten. Ann-Christin Helmkes »Pinselstriche« sind, wie auch der

»Plastikstuhl« auf einem Balkon von Philipp Kampa, dafür weitere und gute Beispiele.

In solchen Gebilden öffnet sich tatsächlich ein Raum – für die Fantasie, der Platz genug bietet, um die zarten Gestalten unserer Hoffnungen, Sehnsüchte und Wünsche unterzubringen, unsere Vorstellungen von der Welt, in der wir leben möchten. Platz genug auch, um gegen die realen und die möglichen Widerstände anzukämpfen. Also Platz für Utopien und Platz für Kritik.

Jede heranwachsende Generation beansprucht die Welt, die ohnehin die ihre werden wird, für sich. Und das zu recht. Die Investmentbanker versuchen, fantasielos, aber erfolgreich, auf Kosten anderer sich durchzusetzen. Die Politiker versuchen es mit – meist hilflosem – Aktionismus.

Eroberer, Abenteurer, Entdecker, die Helden der vergangenen Zeiten, gibt es nicht mehr. »Die Vermessung der Welt«, wie Daniel Kehlmann diesen Prozess nannte, ist abgeschlossen. Deshalb könnte es umso wichtiger werden, uns schreibend, zum Beispiel, neue Räume zu erschließen. Und sei es auch nur in der Lebensphase, die zur Teilnahme an diesem Wettbewerb berechtigt.

Denn:

Jetzt geht es darum
wer als erster alle
Blätter verspielt hat

Richtig. Weil das so ist, kann uns nichts und niemand ausreden, dass die Bäume natürlich in den Himmel wachsen.

Dreißig Jahre Junges Literaturforum Hessen-Thüringen. Was bedeutet das? Ich sehe es an der »Nagelprobe«, die jetzt bereits ein kleines Regal füllt. Ich sehe es aber besser noch an unserer Pappel, die längst, am Fenster meines Arbeitszimmers vorbei und auch schon über das Dach des Hauses hinaus tatsächlich weiter und weiter in den Himmel wächst.

im April 2013
Martin Lüdke

30 Jahre Nagelprobe –
Zwei ehemalige Preisträger erinnern sich

Ricarda Junge

»*Abgelehnt*«
(Nagelprobe)

Am Anfang steht immer die Ablehnung. Wie eine Mauer. Hier geht es nicht weiter, dieser Weg ist versperrt. Ist das eigentlich immer so? Auf das Junge Literaturforum trifft es in jedem Fall zu. Zumindest in meinem Fall. Wie oft habe ich mich beworben? Wie oft bin ich abgelehnt worden? Und viel wichtiger: Warum schreibe ich, dass *ich* abgelehnt worden bin? In Wirklichkeit waren es doch wohl meine Texte: Gedichte und kurze Geschichten. In jedem Wort, jeder Zeile steckten viel Gefühl, weltbewegende Gedanken, klapprige Reime und eine große Portion pubertierendes Ich. Zuerst war ich zu jung, um das Mindestalter des Wettbewerbs zu erreichen. Ich schickte trotzdem jedes Jahr einen Text ein, mit zwölf Jahren das erste Mal. Wenn ich abgelehnt wurde, dachte ich, dass es an meinem Alter liegen musste. Ich war empfindlich und fürchtete mich davor, immer weiter abgelehnt zu werden. Ich war weder musikalisch noch sportlich noch übermäßig beliebt, und das Einzige, was ich wirklich gern tat, war schreiben. Vielleicht, weil man es auch allein tun konnte. Aber ich hätte gerne ein Gegenüber gehabt. Im Stillen wünschte ich mir jemanden, der mein Schreiben ernst nahm und es nicht lächelnd als Tagebuchschreiberei oder Kleinmädchenspleen abtat. Ich erinnere mich, wie es war, die Texte zu schreiben, weiß noch, wo ich saß, was ich dachte, was mich umgab. Niemals gab ich jemand anderem etwas zu lesen, immer war die mir unbekannte Jury des Jungen Literaturforums meine erste Leserschaft. Ich erinnere mich an das wattige Gefühl im Magen und das Kribbeln unter der Haut, wenn ich mir vorstellte, dass vielleicht in diesem Moment jemand meinen Text – nein: *mich* – las. So als träte ich in Kontakt, als würde ich mit jemandem sprechen, als hörte mir jemand zu – und ich wartete gespannt auf Antwort. Ich erinnere mich an den Schmerz, den ich empfand, wenn die Antwort kam: eine freundliche, aber unmissverständliche Ablehnung. Und dann war da diese Stille in meinem Kopf, diese Leere. Bis das nächste Jahr kam. Der nächste Wettbewerb. Der nächste Versuch. Ein neuer Text.

Natürlich wäre alles ganz anders gewesen, wenn ich anders gewesen wäre, wenn ich zum Beispiel hätte singen können und eine Band gehabt hätte, mit der ich am Wochenende im Kulturzentrum aufgetreten wäre. Als Nachwuchsschauspielerin wäre ich Mitglied der Jungen Theaterwerkstatt geworden, als Sportlerin hätte ich einen Trainer und einen Verein gehabt. Selbst wenn ich eine Leidenschaft fürs Blockflötenspielen gehabt hätte – was ich mir allerdings nur schwer vorstellen konnte –, hätte es für mich eine Musiklehrerin und Flötenunterricht gegeben. Nur wenn man schrieb, gab es das alles nicht. Das Einzige, das man dann tun konnte, war, sich Jahr für Jahr wieder beim Jungen Literaturforum Hessen-Thüringen zu bewerben. Ich wusste nicht, was genau sich dahinter verbarg. Aber ich wünschte mir auch eine Werkstatt, einen Lehrer, einen Verein, verdammt, ich wünschte mir einfach irgendeinen Ort, irgendeinen Menschen, zu dem ich gehen, an den ich mich wenden konnte.

Mit sechzehn reichte ich drei Liebesgedichte ein, die meinem Klassenkameraden Janosch Schimansky gewidmet waren. Endlich war ich alt genug für den Wettbewerb. Ich wurde trotzdem abgelehnt. Janosch Schimansky interessierte sich weder für meine Lyrik noch für mich. Und das Junge Literaturforum Hessen-Thüringen erkannte nicht, was für eine gefühlvolle junge Autorin ich war, obwohl mein ganzes Herzblut in die Gedichte geflossen war.

Wie in jedem Jahr verteilte unsere Lehrerin die neue »Nagelprobe« im Deutschunterricht. Wie in jedem Jahr las ich den Band von der ersten bis zur letzten Seite. Die darin versammelten jungen Autorinnen und Autoren stellte ich mir als glückliche Menschen vor. Warum gehörte ich nicht dazu? Was hatten sie anders gemacht? Ich las, ich kam nicht dahinter, ich beneidete sie. Vor allem darum, dass sie jemand gelesen, dass ihnen jemand zugehört hatte. Ich war allein, unverstanden und unglücklich. Es war grauenhaft. Ich weiß nicht, wie ich es überlebt habe. Und auch nicht, woher ich die Verbissenheit, die Zähigkeit und vielleicht auch den Mut nahm, mich wieder und wieder beim Jungen Literaturforum zu bewerben.

Mit fast neunzehn Jahren und nach einem halben Dutzend Bewerbungen bekam ich zum ersten Mal keine Ablehnung. Ich weiß noch, dass ich den Brief in der Hand hielt und sicher war, mich verlesen zu haben. Oder bekam ich einen Anruf und glaubte nicht, was ich hörte? Wie konnte das sein? Was hatte ich anders gemacht? Sollte mein Text diesmal wirklich in der »Nagelprobe« erscheinen? Schickte man mich auf das Autorenseminar? Da musste ein Irrtum vorliegen. Ich konnte gar nicht gemeint sein. Ist das eigentlich immer so? Man wartet und wartet und wartet auf etwas, und wenn es dann eintritt, braucht man die gleiche Zeit noch einmal, bis man begreift, dass es wirklich eingetreten ist? Ich weiß noch, dass die Preisverleihung in Erfurt stattfand. Ein junger Schauspieler, der fast so gut wie Janosch Schimansky aussah, trug dem Publikum meine Geschichte vor. Ich hörte es, so wie ich auch sah, dass meine Geschichte schwarz auf weiß in der Nagelprobe abgedruckt war. Aber wirklich glauben konnte ich es erst, als Janosch Schimansky wutschnaubend vor meiner Tür stand und mir den Band mit meiner Geschichte vor die Füße warf. Wie ich einfach über ihn schreiben könnte! Und noch dazu so einen Scheiß! Was mir einfalle! Dabei war er gar nicht gemeint. Ich hatte ihm hundert Gedichte geschrieben, aber in dieser Geschichte ging es einmal nicht um ihn. Ich hatte sie mir einfach ausgedacht. Aber das behielt ich für mich. Ich sagte: Ist es nicht eine Ehre in einem Buch zu erscheinen? Diese Ehre lehne er entschieden ab, wütete er, musste plötzlich grinsen und senkte verlegen den Kopf, um mich dann wieder anzusehen. Ganz anders als vorher. Ich hatte mir die Autorinnen und Autoren der »Nagelprobe« immer als glückliche Menschen vorgestellt, jetzt wusste ich, dass es wirklich so war. Ich blieb lange mit Janosch Schimansky zusammen, und ich hörte nie wieder auf zu schreiben.

Jan Volker Röhnert

Der Anfang von etwas

Hinter den sieben Bergen beginnt die Literatur. Zumindest war dort, wo ich ausstieg, die Bahn zu Ende, als wäre das ein Halt ohne Wiederkehr, zwar nicht im Mittleren Westen, aber im innersten verwunschenen Oberhessen, als wären die Würfel gefallen und die dort sprudelnde Ohm der Rubikon, den es zu überschreiten galt. Friedberg oder Dreysa, so hieß die Bahnstation, die dann hinter einem Rammbock ins Leere lief, aber ich musste noch weiter, über den Berg und den Hügel hinab, wo die Welt, oder wenigstens die Landstraße, dann nun wirklich zu Ende war und das Elementare begann, das farblose lebenspendende Mineral, »which makes the atoms dance«, wie einmal ein amerikanischer Dichter schrieb und wovon die Ansiedlung im Tal ihren Namen hatte: Salzhausen, das, ohne dass jemand dort davon gewusst hätte, zweimal im Jahr sich zur Keimzelle künftiger Literatur verwandelte.

Aus irgendeinem Grund besaß ich bis auf die Anschrift des Hotels, das sich tatsächlich als das letzte Anwesen vor Flur und Feld erwies, so gar keine Mitteilung darüber, wer oder was mich dort erwarten sollte, so dass ich mit dem Gefühl anreiste, zu einer konspirativen Sitzung einbestellt worden zu sein. Der erste Eindruck in der Runde kam diesem Gefühl ziemlich nahe: Wir saßen völlig auf uns gestellt, ohne weitere Gäste oder Personal, in einem ebenerdigen, dunklen Gastraum, in dem ein kaltes Büffet und Mineralwässer für uns aufgetafelt waren. An der Rezeption stapelten sich unsere Reisetaschen. In der Benommenheit des endlich Angekommenseins schienen alle am Tisch in sich gekehrt oder mit sich selbst beschäftigt zu sein. Ich wartete auf ein klärendes Wort von jemandem, das Aufschluss gegeben hätte über den Zweck unseres Hierseins, ein Signal, das unser Herumsitzen in eine Richtung gewiesen hätte.

Zwei Männer am Tischende unterhielten sich flüsternd

miteinander. Keine Spur von Unruhe, ein routiniertes Gespräch, als wären sie hier zu Hause. Was von Weitem geheimnisvoll wirkte, betraf aus der Nähe betrachtet wohl nur Formalitäten für die angereiste Jungschreiberschaft. Ich setzte mich auf den freien Platz ihnen gegenüber; wenn, dann war von ihnen etwas über den Sinn der ominösen Versammlung zu erfahren. Die Gesichter der beiden machten mich mit einem Mal erschauern – ich saß den Verfassern zweier Gedichtbände, die ich verehrte und dauernd mit mir führte, vis à vis. Der mit dem balkanischen Bärtchen hatte hinter anderen sieben Bergen wunderbar leichte, ins Schwarze treffende Verse erdichtet, in denen sich Heine und Brinkmann begegneten, Gedichte, die im sommergelben Taschenbuch mit dem Titel »Kopflandpassagen« zu Blei geronnen waren. Die hünenhafte Erscheinung des anderen erkannte ich vom Foto des dunkelrosa leuchtenden Bandes »Dein schwarzgekacheltes Blut« wieder, dessen Langgedichte mir wie das Neue Testament der gegenwärtigen Lyrik erschienen waren. »Böhmer«, sagte er, nachdem ich mich vorgestellt hatte. Und der andere: »Söllner.« Das waren sie, die Hessen, die ich als lyrische Heiligtümer mit mir schleppte, deren Worte mir nachts über die Straße leuchteten, lange bevor ich mir hätte träumen lassen, ihnen je als Menschen aus Fleisch und Blut zu begegnen. Hinter diesen sieben Bergen also saß die Literatur wie eine Partisanenrunde zu Tisch – zu Gericht, auch dies, ein gelehrter doctor juris höchstelbst wohnte ihr bei –, hier kam das Wichtigste zur Sprache, was jeden, der sich zu schreiben entschlossen hat, bewegt: Poesie, und wie sie überhaupt entsteht. Und wie der, der sich ihr aussetzt, ein Wochenende mit den besten Dichtern aus Fleisch und Blut sie aussitzen muss, um dann als anderer Mensch in den Wust der Welt zurückzukehren.

In den Zwischenpausen würde das Salz von den rieselnden Hecken des Parks, das Element, das die Atome tanzen lässt, für Belebung sorgen – Sinnbild für den Wirbel von Buchstaben um eine verborgene Mitte herum: Geheimnis des Gedichts. Gespräche, die ins Weite führen. Der Blick ins Offene, jenseits der Gleise, die hinterm Rammbock enden. »Ich glaube, wir sollten beginnen«, ergriff Söllner schließlich das Wort und half über die Stille am Salzhausener Tisch hinweg.

Jan Volker Röhnert, geboren 1976 Gera, war 2002 Preisträger des Jungen Literaturforums Hessen-Thüringen. 1996–2002 Studium in Jena und längere Aufenthalte in Frankreich, England, Italien, 2003–2008 Assistent an der Universität Jena, 2008–2010 DAAD-Lektor in Sofia/Bulgarien, seit September 2011 Heyne-Juniorprofessor an der TU Braunschweig. 2003 Lyrikdebütpreis des Literarischen Colloquiums Berlin für den Gedichtband »Burgruinenblues« (edition muschelkalk); 2005 folgte das Langgedicht »Die Hingabe, endloser Kokon« (Edition Azur), 2007 die »Metropolen« (Hanser), 2011 »Notes from Sofia. Bulgarische Blätter« (Edition Azur). Dazu Übersetzungen aus dem Amerikanischen (Christopher Edgar, Craig Arnold, Peter Gizzi) und Französischen (Michel Deguy). 2010 Harald-Gerlach-Stipendium des Freistaates Thüringen, 2011 Wolfgang-Weyrauch-Förderpreis auf dem Darmstädter Literarischen März.

Ricarda Junge, 1979 in Wiesbaden geboren, war 1999 und 2000 Preisträgerin des Jungen Literaturforums Hessen-Thüringen. Sie ist Absolventin des Deutschen Literaturinstituts Leipzig. Anschließend studierte sie evangelische Theologie. Für ihr Debüt »Silberfaden« wurde sie 2003 mit dem Grimmelshausen-Förderpreis ausgezeichnet. 2005 erschien ihr Roman »Kein fremdes Land«, für den sie den George-Konell-Preis erhielt, 2008 »Eine schöne Geschichte«, 2010 »Die komische Frau« (alle S. Fischer Verlag). Ricarda Junge lebt mit ihrer Familie in Berlin.

Hauptpreise

Silva Bieler

WHY NOT MOVE TO THE WOODS?
Warum nicht
In die Wälder ziehen
Holz werden im Winter
Schlagen die Förster uns kürzer
Nur mit
Gelbem Punkt auf dem Körper
Werden die
Überlebenschancen größer

MÜHSAM OHNE WIND
Jetzt geht es darum
Wer als erster alle
Blätter verspielt hat
Denn Nacktheit ist Trumpf
Im Dezember

Silva Bieler, geboren 1994 in Düsseldorf, wohnt in Bad Nauheim und besucht das Gymnasium.

Sebastian Daniels

Die Traurigkeit weiß nichts von ihrer Existenz

Da steht sie nun in der Tür. Überglücklich. Ihre ungebremste Euphorie überstrahlt sogar fast das silberne Glänzen ihrer Zahnspange. So steht sie da also und grinst mich an. Hässliches Kleid. Hässliche Schuhe. Hässliche Handtasche. Ein in zartes blassrosa getauchter Albtraum. Ihre überdimensionale Schleife im Haar rundet das schauderhafte Gesamtbild ab. Ein Anblick des Grauens. Die lebende Antithese zu Darwins Evolutionstheorie. Dieser Tag muss für sie so etwas wie Weihnachten und Geburtstag auf einmal sein. Sie darf zum Abschlussball. Und das mit mir. Einer lebenden Legende an unserer Schule.

Zweifelsohne wird sie das jedem ihrer imaginären Freunde erzählt haben. All ihre Stoffteddys und Puppen durften sich in einer schwärmerischen Rede die Neuigkeit anhören und ertranken anschließend in einem Meer aus Freudentränen. Ich bin ihr dickes rotes Kreuz im Kalender, für das sie zahlreiche schlaflose Nächte in Kauf nahm. Die Aufregung wird sich auch auf ihre fette Mutter übertragen haben, die ganz entzückt gewesen sein muss, als sie davon erfuhr. Ihre Tochter würde mit dem tollsten Kerl der Schule zum Abschlussball gehen. Mir. Sicherlich ganz erfüllt von Stolz haben sie gemeinsam Tag für Tag nach einem passenden Kleid gesucht und haben sich schließlich für dieses Leichentuch entschieden. Diesem Rotzfetzen für Glücksbärchis. Ich schaue auf den Boden, um heranschleichenden Augenkrebs zu vermeiden. Schließlich folgt das unvermeidliche Foto, das ihre Mutter von uns schießt. Ich lächele. Alles ein Teil dieser Charade. Vorhang. Applaus. Verbeugung. Vielen Dank. Nur bitte keine Zugabe …

Wenig später sitzen wir im Auto. In meinem wundervollen, teuren Auto und der Pummel darf tatsächlich auf meinem Beifahrersitz Platz nehmen. Ich denke an meine lederbezogenen Sitze. Ich denke an ihren verschwitzten Arsch. Ich denke an Desinfektionsmittel. Wir wechseln kein Wort miteinander. Sie schaut während der ganzen Fahrt aus dem Fenster und ich kann förmlich hören, wie ihre Stimme im Kopf darum bettelt, dass ich meine Hand auf ihren speckigen Oberschenkel lege. Vergiss es, Schätzchen. Es gibt eben Dinge, die niemals passieren werden. Zum Beispiel, dass ich eine Wette wie diese hier verliere.

Wir erreichen den Parkplatz vor dem Ballsaal und das dumpfe Geräusch der Musik tönt bereits in meinem Ohr. Als wir aussteigen, bittet sie mich, ihre Handtasche zu tragen, was ich schließlich auch tue. Unfassbar schwer, dieses hässliche Ding. Wahrscheinlich hat sie einen riesigen Vorrat an Essen darin verstaut. Sie könnte ja auf dem Ball verhungern.

Schließlich betreten wir den Ort meines baldigen Triumphes. Ich spüre förmlich, wie dieser Abend nur für mich gemacht ist. Ob mit dickem Anhängsel oder ohne. Dennoch muss ich den Eindruck aufrechterhalten, dass mir tatsächlich was an ihr liegen würde. Gleichzeitig will ich den Abend aber auch auskosten und den Schwarm von Blicken, die mich streifen, genießen. Sobald der entscheidende Moment kommt, ist dieses tragikomische Schauspiel sowieso vorbei und die Spreu wird den Weizen nicht einmal mehr beachten.

Mein Weg ist klar definiert. Ich bin der Mensch, der sämtliche Emotionen dieses Abends fusionieren lässt. Bewunderung. Aufregung. Neugier. Neid. Sexuelles Verlangen. All das ist eingeplant und eine natürliche Begleiterscheinung, wenn man ich ist und das tut, was ich tue. Diese Wette ist das Sahnehäubchen, das meinen Sieg nur noch glorreicher erscheinen lässt …

… Dann ist es endlich so weit. Die Verkündung des Ballkönigs. Mein Name wird erwartungsgemäß genannt und genussvoll registriere ich all den Applaus, der mich auf dem Weg zur Bühne begleitet. Nur oberflächlich wage ich den Blick in die Masse. Jubelschreie von Typen, die gerne so wären wie ich. Schmachtende Gesichtsausdrücke von Mädchen, die mit mir zusammen sein wollen. Ich bin das Zentrum all ihrer Sehnsüchte. Auch sie steht mit ihrer Zahnspange, ihrer Handtasche und ihrer Schleife direkt vor der

Bühne und lächelt mich zufrieden an. Ich schließe die Augen, um sie nicht weiter ansehen zu müssen und um den Moment zu genießen. Sie wird mir das hier nicht kaputt machen. Zu viel Zeit habe ich mit ihr verschwendet. Dann wird für mich ein ohrenbetäubendes Feuerwerk gezündet und alles wird ganz still. Ob sie vor Ehrfurcht erstarrt sind oder ob ich sie vor lauter Euphorie einfach nur nicht mehr hören kann, ist mir egal. Ich bin da, wo ich sein will. Lang lebe der König.

Da steht er. Perfekt gestylt im maßgeschneiderten Anzug. Die Definition von Überheblichkeit. Eine Schaufensterpuppe, nur mit weniger Seele. Er hält sich für unwiderstehlich, verwechselt seine Arroganz mit virilem Charme. Ich versuche, meine Abscheu hinter einem überzogenen Grinsen zu verbergen, was mir anscheinend gelingt. Ich grinse so sehr, dass es mir wehtut. Habe mich in dieses abartige Kleid gezwängt. Im Prinzip nur, weil es das billigste war und meine Mutter wegen so etwas kein Übermaß an Geld ausgeben sollte. Sie ist völlig ahnungslos, warum das hier alles passiert. Dennoch habe ich sie nicht aufgeklärt. Wozu auch? Sie ist glücklich. Ohnehin würde sie es sowieso nicht verstehen …

Als wir in seinem Auto zum Ball fahren, schaue ich aus dem Fenster und versuche, den bevorstehenden Abend vor meinem geistigen Auge ablaufen zu lassen. Dieses zwiespältige Gefühl der Vorfreude und Ungewissheit strömt in mich, bis ich komplett davon erfüllt bin. Ich genieße diese Ruhe, die herrscht, weil er zum Glück seine Fresse hält und ich sowieso nichts sagen muss.

Am Ziel angekommen, lasse ich ihn meine Handtasche tragen. Sie ist mir zu schwer und um seine Wette zu gewinnen, wird er ohnehin alles tun, was ich will. Ich kann mir ein Grinsen nicht verkneifen. Seine Ahnungslosigkeit bereitet mir ein unermessliches Vergnügen.

Wir betreten den Saal und ich fühle mich augenblicklich wie in einem Zoo voller Primaten.

Da sind sie nun herausgekommen aus ihren Elfenbeintürmen und Märchenschlössern. Vollgesaugt mit zuckersüßer Masse aus falschen Freundlichkeiten. Breit grinsend, eingehüllt in sündhaft teuren Designerkleidern schweben sie aneinander vorbei. Ein Heiligenschein leuchtet heller als der andere. Mustergültig aufgetragenes Make-up soll die Arroganz kaschieren. Die Arroganz verbirgt wiederum nur den Neid und die Unsicherheit, die ihr ganzes Leben bestimmen. Anspruchslosigkeit wird mit Glitter überzogen. Sie halten sich für individuell. Dabei leben sie nur die Sachen nach, die sie im Film und Fernsehen auf sich einprasseln lassen. Ein Panoptikum des Schreckens. Ich verfluche die Fruchtbarkeit eurer Eltern. Die ersten Blicke richten sich auf uns und die, die nicht Bescheid wissen, können es überhaupt nicht einordnen. Ist das real, was sie da sehen? SIE mit IHM?

Mein Magen wendet sich spontan gegen das Gesehene, indem er mir Übelkeit bereitet.

Ich gehöre nicht in diese Welt, in der plötzlich Gespräche über Laktoseintoleranz hip sind. Eine Welt, in der das Wort *hip* nicht mehr hip ist. Eine elitäre Gesellschaft von Vollidioten, deren als Dialoge getarnte Monologe aus einem Schwarm von Diminutiven bestehen. Hier ein Täschchen. Da ein Röckchen. Küsschen. Gehirnchen. Charakterchen. Ein nicht enden wollendes Labyrinth aus Anglizismen, belanglosem Smalltalk und Facebook-Freunden. Schaut nur her, ihr Bastarde des 21. Jahrhunderts! Ihr Abziehbilder der Neuzeit. Spürt die schwachen Vibrationen, die euch aus allen Windrichtungen erreichen. Es ist das kollektive Kopfschütteln eurer Ahnen. Das resignierende Abwinken der Vergangenen. Das verlegene Räuspern der früheren Generationen. Welche Schmach für die Gegenwart. Welche niederschmetternde Bedrohung für die Zukunft. Warum Angst um die Umwelt und das Klima haben, wenn man eigentlich euch zu befürchten hat.

Während er langsam und voll von sinnfreiem Stolz auf die Bühne schreitet, habe ich mich bereits davor postiert und lächele. Meine Tasche fest im Griff. Als er die Augen schließt, greife ich hinein und tue schließlich das, wofür ich hierhergekommen bin.

Sekundenbruchteile später geht das Gekreische los und alle rennen panisch zum Ausgang. Er liegt da und rührt sich nicht. Ich weine …

Sie werden zweifellos Fragen stellen, warum das Ganze passieren musste. Verstehen werden sie es wohl nie. Dies ist keine Vendetta. Ich bin nicht die Protagonistin eines Stephen-King-Romans. Dies war ein Schritt zur Bekämpfung der Traurigkeit. Nicht nur ich bin davon betroffen, sondern jeder Einzelne. Und das ist das Interessante an der Traurigkeit. Obwohl sie uns alle im Griff hat, weiß sie selbst nicht einmal, dass sie existiert.

Sebastian Daniels, 1988 in Rudolstadt geboren, studiert seit 2010 Filmwissenschaft in Mainz.

Marie-Luise Gürtler

Streiflichter nur

Wander knietief durch die Gischt
über farbwabernde Dünen.
Setz dir die Krone auf
Tang, Meerschaum, Muschel.
Schönwindchens Haar
läutet Sturm.
Komm, komm
ruft die Möwe.
Leuchtturmlicht nachts
da und dort
in Intervallen.

Sommerabend

Himmelberge
flache Teerstraße
über die Erde gefallen.

Weiße Holunderhecken
dahinter überschäumende Wiesenseen
von wilder Möhre, Gräsern, Grillen.

Obwohl es nicht regnet seit Wochen
schwere Erde unter den Zehen.

Halb und besoffen
hängt der Mond in den Strommasten.

Wir sind heut Abend himmelsatt
und weit wie alle blauen Meere:

Die Goldflut hat uns reich gemacht im Mittag
ein Mondvogel noch singt vom Tag nachts
und eine Geige aus den Feldern streicht gen Gott.

Zugvogel

Kalt hat uns dann doch der wilde Herbstwind überfallen, auf den wir seit einigen Tagen im Sonnenschein mittags und auch an den lügnerisch lauen Abenden um den dritten Oktober herum warten. Jetzt schlägt er aus den Linden das ganze Gold, oben reißt er in unverhohlener Erregung an den Kronen herum und über die Stadtränder hin jagen die metallblauen Töne einander ungestüm, aber bescheiden. Es ist die Zeit, in der immer das Neue beginnt irgendwo, immer kommt man im Oktober an in der nebligen Fremde. Unten ziehen zwei ihre Koffer auf'm Pflaster lang und reden englisch sich Mut an. Das ist die Zeit der Gänseschreie und auch der verlassenen Hochspannungsleitungen über dem Dreitagebart der Felder, unsauber gestutzt. Nur noch manchmal finde ich Hahnenfuß, Glockenblumen, allerletzte Margeriten – Pilze und Brombeeren eher. Ab morgen wird das ganze, ganze Blau uns ernähren. Nebel im Kopf und im Herz und im Bauch. Im Herz hält es Platz, bis du aus dem Süden wiederkommst.

Marie-Luise Gürtler, 1988 in Berlin-Pankow geboren, studiert seit 2009 Evangelische Theologie an der Philipps-Universität Marburg. Bisherige Veröffentlichungen: Gedichte im »Tagesspiegel« sowie in den Anthologien »Kein Weiß ohne Schwarz« (2009), »Glück, Regen oder der Geschmack von Zuhause« (2011) und »Nagelprobe 29« (2012).

Juan S. Guse

die aufhebung der impetustheorie

die domestizierung des pferdes dokumentiert | anbauflächen als spannung in den sehnen der hyperbellen | auf einen briefkasten graviert bäumen sich als gibraltar auf | militant wie SCHRÖDINGER's katze | rußschlieren im treppenhaus als sinuslapalien | eine andere tundra | ein anderes erz | an schwelen gesammelt ledrig aber nicht vorholzte schuppen der fruchtstände | die jauche | bewässert das gras im kies der erde die samen kamen durchs blech | dieses portweinmal ist ein archipel | an die offnen fenster kauern sich flechten | da muss eine zweite kammer sein das geschichtete kantholz | vor der mühle ein pflock | auf einem strunk erzählt vom ackerbau zum zahnrad von hinterwäldlern | archiviert der segen der erde als konzept eines löschteiches | die entfluteten felder der ruhr | trocknen den hervorstehenden mastdarm | jemand nimmt eine notiz | geht | während der fluss neues wasser bringt von den alpen gescheucht | eine herde von reden als barke | reisig ist kein fahrtmesser | diese hecke kippt aus den fugen | gesengte palisaden | in den hinterlassenen lücken wird man maderpfade finden | der große abrasch bleibt aus | ein mann schwingt eine harke der verschobene roter zerjätet tinktur ins frische gras als zwieback in die furchen der maserung | späne ins beet zu krokus | die hornschwielen getragen als gamaschen | da ist ein löschteich | junge labradore in verschiedenen weißtönen | die natter raspelt das hohe gras auf freiem grundstück | am gestrüpp lehnen paternoster münder | ablichtungen von pygmäen | zerspringt eine phiole | vormalig EUKLID'sche Strukturen | das kind springt zwischen quadern | tritt auf zikaden

Juan S. Guse, geboren 1989 in Seligenstadt am Main, ist Mitherausgeber der Literaturzeitschrift »BELLA triste« und Veranstalter des Literaturfestivals Prosanova 2014. Aufenthaltsstipendium der Walther Kempowski Stiftung, Stipendium des Minerva-Kollegs, Preisträger beim 20. open mike.

Nora Heiland

Ein Leben oder die Welt

Wir standen unter der alten Eisenbahnbrücke, Rudi, Wodka, Ella und ich.

Ella hatte das Paket in der Hand, sie hatte es in Weihnachtsgeschenkpapier eingewickelt, rot natürlich, mit grünen Tannenbäumen darauf, und sie hielt es auch so. Wie ein Geschenk. Ich glaube, wir dachten alle so, und wenn ich recht darüber nachdenke, lag überhaupt so eine ganz und gar weihnachtliche Stimmung in der Luft. Andächtig, irgendwie.

Ich glaube, Rudi sagte sogar so was wie: »Fehlen nur noch die Glocken«, vielleicht war es auch Wodka, der das sagte, so genau hat man das da schon nicht mehr auseinanderhalten können.

»Wie spät ist es?«, fragte Ella, und ich sah Rudi an, und der zuckte die Schultern, und da wurde uns klar, dass keiner von uns eine Uhr dabei hatte.

»Scheiße«, sagte Ella. Sie sagte ständig scheiße, obwohl sie aussah wie ein Engel mit schwarzen Haaren.

»Was machen wir jetzt?«, fragte ich, und Rudi zuckte die Schultern und meinte, auf die Minute käme es jetzt auch nicht an, es führe ja nur der eine Zug noch heute Abend.

»Festkleben und rennen«, das waren seine Worte.

Also holte Ella das schwarze Panzertape aus ihrer Tasche. Und hielt es mir hin.

Ich starrte und schwieg. Wir hatten davor nie darüber geredet, wer es machen sollte, es war ja geradezu selbstverständlich, dass Ella es tat, Ella, die sich die ganze Sache überhaupt ausgedacht hatte. Aber da stand sie im Schatten der Brücke und sah mich an mit ihren Augen aus Eis, und ich sah zu Rudi, der seine Füße beobachtete, und zu Wodka, der beide Daumen hochhielt und mir zuzwinkerte. Ich nahm das Klebeband, und es war da, als mir auffiel, dass es doch ziemlich kalt war für Oktober.

»Da«, sagte Ella und zeigte nach oben, »siehst du die Stange?«

Ich sah die Stange, fünf Meter über meinem Kopf, und so sehe ich sie heute noch. Verdammt weit oben.

Aber ich nickte nur, und dann streckte ich die Hand aus nach dem Paket und kletterte, ohne zu stocken, Ellas Blick in meinem Rücken.

Oben klemmte ich den Arm zwischen zwei Metallstangen und fischte das Klebeband aus der Tasche, riss mit dem Mund einen Streifen ab und band das Paket fest. Fest, fest. Dann erst sah ich hinunter.

Sie starrten zu mir hoch, alle drei, auch Wodka, der unten geblieben war, obwohl ich damit gerechnet hatte, er würde mich begleiten.

Ich sah sie der Reihe nach an. Ella nickte langsam. Und dann zog ich an der Schnur.

Rudi hatte uns erklärt, dass es etwa zehn Minuten dauern würde, bis sie hochging. Zehn Minuten, um vom Pfeiler zu klettern und abzuhauen, zehn Minuten, in denen nichts mehr ungeschehen gemacht werden konnte.

Ich riss meinen Arm zwischen den Metallstangen hervor und stopfte das Klebeband in die Tasche zurück. Und als ich den Fuß auf die nächsttiefere Verstrebung stellte, sagte Ella: »Scheiße«

Ich glaube, an diesem Zeitpunkt ist Wodka abgehauen, jedenfalls habe ich ihn nicht mehr gesehen, als ich die Augen wieder öffnete.

»Was?«, fragte Rudi, »was, Ella?«

Und sie hob den Arm und deutete nach oben, auf die Brücke, wo eine einzelne Laterne leuchtete. Und in ihrem Schein, mit reflektierenden grünen Augen …

»Da sitzt eine Katze«, sagte Ella.

Und da saß eine Katze.

»Mach sie aus«, sagte Ella ruhig, »mach das Scheißding wieder aus.«

Und Rudi lachte unsicher und sagte, dass das nicht möglich sei erstens und zweitens, warum bitte?

»Da sitzt eine Katze«, sagte Ella noch einmal, und es schien ihre Antwort zu sein auf alles.

»Ella«, sagte Rudi.

Aber Ella sah hoch zu mir und schüttelte den Kopf, und plötzlich sah ich, dass sie zitterte, am ganzen Leib zitterte.

»Mach sie aus, Bo, bitte mach sie aus.«

»Ella, das ist doch jetzt Schwachsinn, komm, sie geht nicht mehr aus, hörst du? Mein Gott, wie stellst du dir das vor?« Rudis Stimme war laut, viel zu laut für das, was wir taten.

»Wir werfen sie weg«, sagte Ella leise, und Rudi sagte nein, und Ella sagte, doch, Bo, wirf sie weg.

Und da wurde Rudi böse, und seine Stimme wurde ganz ruhig, und dann sagte er so viel auf einmal, wie ich Rudi noch nie am Stück habe reden hören.

»Weißt du, wie lange ich an dieser beschissenen Bombe gearbeitet habe? Weißt du das, Ella? Weißt du, wie viele Nächte? Wir wussten, dass das kein Spiel ist. Verdammt noch mal, wir wollten, dass das kein Spiel ist. Ich habe diese Bombe gebaut, weil ich daran glaube, was wir machen, und keiner wirft hier irgendwas weg, nur weil du im letzten Moment Schiss bekommst. Dieses Paket bleibt da, wo es ist, und wir verschwinden jetzt. Komm.«

Aber Ella kam nicht. »Es geht hier nicht um uns«, sagte sie oder vielleicht, vielleicht habe ich mir das auch nur eingebildet.

»Komm, Ella. Und du, kletter da runter, Bo, hör nicht auf sie. Das ist eine Katze, okay? Eine ganz normale Katze.«

Und er ging ein paar Schritte rückwärts. Aber Ella kam nicht, und ich kletterte nicht hinunter. Weil ich wusste, was sie dachte. Weil ich es in ihren Augen sah.

Es ging nicht um uns und es ging nicht um Angst. Es ging nicht um die Sache. In diesem Moment, in dieser Entscheidung ging es einzig und allein um das Leben einer Katze, einer unbekannten Katze mit grünen Augen.

Ich habe das Paket abgerissen, und ich habe es in den Fluss geworfen. Vielleicht hat das Wasser sie zerstört. Oder vielleicht hat sie auch nie richtig funktioniert. Wir haben es jedenfalls nicht mehr knallen gehört.

Danach sind wir nach Hause gegangen. Rudi hat den ganzen Weg kein Wort gesagt. Ella auch nicht. Am Ende der

Straße habe ich mich noch einmal umgedreht, und es war dieser Moment, in dem der Zug über die Brücke ratterte.

Nora Heiland, 1992 in Ziegenhain geboren, absolvierte 2011 eine Ausbildung zur Rettungssanitäterin. Seit 2012 studiert sie Medizin in Jena

Maximilian Hein

Ein Abschiedsbrief

Was trieb uns
durch die Straßen,
durch die Zeit,
die wir vergaßen,
als wir einfach mal wir selbst waren?

Was treibt uns
durch das Leben,
durch die Chance,
die wir vergeben,
weil wir einfach mal wir selbst sind?

Ich stehe auf, weil der Wecker klingelt, weil die Uni wartet und man in meinem Alter nun mal gewissenhaft in seine Tage startet. Ich stehe vor dem Spiegel, denn nicht jeder bartet, sondern rasiert sich, sondern maskiert sich, um nicht aufzufallen, in einer Welt, in welcher Gesichter schallen, in der die Würfel fallen, noch ehe man selbst sich als Spieler geoutet hat. Noch ehe man selbst seine Träume genauer verlautet hat. Man wird geformt, weil man formbar ist, genormt, bis die Norm da ist und dann wird das Plastikförmchen abgezogen und die Gesellschaft schaut, ob man aus trockenem oder nassem Sand geformt wurde, ob man alleine stehen kann, ob man den roten Faden sehen kann, der schon lange vorher für einen durchs Leben gezogen wurde. Einer unter euch, der nicht zu dem, was er ist, erzogen wurde? Von den Medien, von der Gesellschaft, von dem Gefüge, das diese Welt schafft, von Konventionen, die alles leiten, von den Axiomen unserer Zeiten, von dogmatischen Scheinwahnphrasen in didaktischen Einbahnstraßen, von hautnah erleben Nivea und Gensaatweizen, von Einbau fürs Leben Ikea und Großstadtreizen, von seinen Eltern, von seinem Apple, von einer Bewertung, auf einem Zettel, den ein Meister schrieb, den ein Chef schrieb, den ein Lehrer schrieb. Und diese Bewertung bleibt doch ein leerer Schrieb, weil sie nicht dich beschreibt, sondern nur deinen Versuch, wie alle anderen zu sein. Weil sie alle anderen beschreibt, irgendwie in der Summe ihrer Eigenschaften, aber nicht dich als den Ursprung deiner Eigenheiten.

Man guckt dich an und du denkst dir »Was ist da denn los?«, doch die Gesellschaft urteilt schnell und sie urteilt gnadenlos.

Sag mir, wie du heißt, Kevin Justin, und ich sage dir, wer du bist, Unterschicht. Sag mir, wer du bist, Unterschicht, und ich sage dir, wo du wohnst, Sozialsiedlung. Sag mir, wo du wohnst, Sozialsiedlung, und ich sage dir, wie du lebst, Hartz IV. Sag mir, wie du lebst, Hartz IV, und ich sage dir, wer dich zeugte, Jaqueline. Sag mir, wer dich zeugte, Jaqueline, und ich sage dir, wie du heißt, Kevin Justin. Sag mir, wie du heißt, Kevin Justin, und ich sage dir, wer du bist, Unterschicht. Sag mir, sag mir …

Sag mir, was ist das eigentlich für ne Gesellschaft, in der ich tagtäglich eingeweicht werde, was ist das eigentlich für ne Gesellschaft, in die ich tagtäglich hineingegleicht werde? Eine Sexreisen-Incentive-Gesellschaft? Eine Der Meister dirigiert und nur der Gesell schafft Gesellschaft? Will ich davon wirklich ein Teil sein? Muss die Karriereleiter wirklich so steil sein? Oder kann ich auch einfach noch mal ein paar Jahre Indianer spielen und Kind sein, meine Klamotten bekleckern und beim Sehtest mit einem Piratenaufkleber auf einem Auge blind sein?

Ich habe lange noch nicht alle Kastanien gesammelt, alle Worte gestammelt, weil ich zu spät bin. Heißt das, dass ich nicht aus echtem Holz geschnitzt, sondern gerade erst aus einem weichen Samen gesät bin?

Ich schreibe das auf und ich fühle mich irgendwie schuldig. Doch ich mach mir nichts draus, denn ich weiß, auch dieses Papier ist geduldig.

Ich öffne das Fenster und lausche in die Stadt, die nicht ein schönes Geräusch, keine Aufmerksamkeit für mich hat. Niemand bemerkt es und ist interessiert, dass hier gerade ein Teil der Gesellschaft sich selber verliert.

Ich nehme die Tabletten und die Lichter gehen aus,
denn wie man in den Wald hineinruft, so schallt es heraus.

Maximilian Hein, 1991 in Mainz geboren, studiert an der EBS Universität für Wirtschaft und Recht in Wiesbaden. Er trägt seine Texte regelmäßig auf Poetry Slams vor.

Philipp Kampa

Auf der Wiese liegen

Auf der Wiese liegen und nach oben schauen:
Eine an ihren Rändern nur leicht zerfaserte Wolke.
Mein angewinkelter Arm als Schutz vor dem
stark blendenden Sonnenlicht.
Zwei Radfahrer, die unweit meines Kopfes
vorüberfahren, absteigen und
ihre Räder scheppernd ins Gras fallen lassen.
Aufzählen, sonst nichts.

Ein Radfahrer

Ein Radfahrer, der an einer roten Ampel hält
(einen Fuß auf dem Pedal, den anderen –
das Fahrrad dabei leicht zur Seite
neigend –
auf dem Asphalt).
Als die Ampel auf Grün
schaltet, kann ich mich des Jetzt-Sagens
(in Gedanken) nicht erwehren.

Dieses innerliche Wanken

Dieses innerliche Wanken, wenn
der weiße Plastikstuhl dort drüben (auf dem kleinen Balkon)
und der dünne Schornstein der Fabrik in der Ferne
plötzlich so nah an mich herantreten, dass
ich sie einzeln sehe.

Philipp Kampa, geboren 1987 in Zwenkau, studiert Gesellschaftstheorie in Jena. Mehrere Veröffentlichungen, zuletzt »Auf Anfang. Erzählung« in der östrreichischen Literaturzeitschrift »Die Rampe – Hefte für Literatur« (4/2012). 2012 Gewinner des Schreibwettbewerbs des Weimarer Literaturfestivals »juLi im juni – Festival für junge Literatur« in der Kategorie Prosa.

Ann-Kathrin Roth

Baby girl got lost in wonderland and guess what – the bitch loves it

Bringt mir ein Pferd und eine Kutsche, wir fahren nach Paris, wer will denn in Versailles sein, wenn an der Seine endlich Sense ist mit den Monarchen (*pardon, Monsieur, ich wollte Guillotine sagen*) und wenn die Bastille als Bastion der Absolution, Verzeihung, des Absolutismus, gestürmt wird, stehen wir in der ersten Reihe mit unseren Tablet PCs (*ou les ordinateurs tablets, comment disent les Francaises*) Marke *time traveller's treasure* und wissen, es geht hier nicht um die Moral, es geht um Feuerkraft als durchschlagendes Argument, wir wissen, Louis XVI. geht heute zu Hause in Versailles jagen und schießt *(rien)*, aber in Paris wird heute viel geschossen (*Monsieur, das ist eine Revolution, hätten wir keine Köpfe vorzuzeigen für unsere Freiheit, Mon Dieu, man lachte uns ja aus*) und wir wissen, als die Tore sich öffnen, der Herr des Hauses ist nicht zu Haus, *Monsieur le Marquis*, der alte Sadist, verweilt zur Zeit in Charenton, wurde vor zwölf Tagen zwangsversetzt und hat die Revolution ganz knapp verpasst. Lass uns gehen, wir kennen die Geschichte (das Buch war zu lang, wir haben den Film gelesen), aber wir wissen Bescheid, weit ist es nicht bis zur île de la Cité und in 200 Jahren wird's hier vor Touris nur so wimmeln, also schnell, wenn wir uns beeilen, schaffen wir heute noch den Eifelturm, cheri – wie der wird erst in hundert Jahren gebaut?

Bringt mir ein Pferd und einen Revolver, wir reiten in den Wilden Westen (sind wir nicht alle ein bisschen antebellum?), mein Pferd heißt Firefox, deins DSL (digital subscriber line, wir nennen es Linny) und mit 5,4 Megabyte pro Sekunde kommt man schneller durch die Prärie als jede Postkutsche. Hey Cowboy, ich suche einen Mann, sein Name ist Luke, Lucky Luke, der lonesome rider, der einzige Mann im Wilden Westen, der seinem Pferd das Sprechen beigebracht hat. Hey Cowboy, sag dem Mann, ich treffe ihn at High Noon in dem Saloon, in dem der Wirt den Whiskey nicht mit Terpentin verwässert, sag ihm, ich lerne dort den Cancan, ein Mädchen muss wissen, wie sie über die Runden kommt, wenn der Hot Spot spinnt und die Spinnen dem Spiel spotten und das Netz kappen, mit letzter Kraft. Hey Cowboy, kannst du mir aus den Stiefeln helfen und in den Petticoat? Ich wollte ja Postkutschen räubern, aber das Briefgeheimnis, du verstehst, ich verstehe auch gar nicht, wohin ich mit den ganzen Briefen soll, ich schreibe nur Mails, die sind wiederverwendbar. Hey Cowboy, sag dem Sheriff, er muss sich keine Sorgen machen um seine Liebesbriefe, Wonderland Vagabond wird jetzt ein Barmädchen, den Petticoat kriegt sie nie wieder von den Hüften, hey Cowboy, danke, und Cowboy, sag Luke, er soll mich treffen, sobald er die Daltons sicher verpackt hat, denn ich habe bei Ebay einen Hamster gekauft, und ich will, dass das Balg spricht.

Bringt mir ein Pferd und ein Banner, wir ziehen in den Krieg. Wir schreiben »Keine Gewalt« auf unsere Flagge und hoffen, dass man uns trotzdem mitspielen lässt. Weißt du, woran man die Deutschen erkennt? Sie wählen ihre Bücher nach der Jahreszahl und zögern bei den 1940ern. Zu viele Ziele und zu wenig Zeit und zu viele Systeme auf zu durstigem Boden, my grandpa was a nazi and my daddy into stasi – me, I'm mostly digital, less of a risk to be judged for the bloodshed in your blood, aber hey, digital girl, es gibt eine Welt außerhalb der Glasfaser, nicht alle Kapitel sind dunkel und Haut auf Haut ist auch elektrisch, hast du das gewusst? Zumindest als Urlaubsort taugt die Realität von Zeit zu Zeit zu zweit oder mehr, und wenn ich eine Frage frei hätte, egal, an wen, dann würde ich den Roadrunner fragen, wie er die Schwerkraft entkräftet, und ich würde mein Pferd gegen ein Spaceshuttle eintauschen und Kopfgeldjäger sein, in zero gravity, ohne Schwerkraft keine Schwere ohne Schwere kein Fall, ich und mein sprechender Hamster und mein time travellers treasure für immer im All, aber bis dahin muss die Fantasie reichen.

See you later, Space Cowboy.

Ann-Kathrin Roth, geboren 1989 in Lauterbach, studiert seit 2009 Rechtswissenschaften in Jena. Veröffentlichungen unter anderem im Rahmen des OVAG-Jugendliteraturpreises.

Anna Siebert

Briefe an Alice

Das Haus kauert schüchtern haltsuchend, fast ängstlich am Hang. Wer hier vorbeikommt und aufmerksam lauscht, hört in den Rissen im Putz, unter den Giebeln des buckligen Dachrückens leises Flüstern, als tuschelten uralte Dielen und Steine heimlich miteinander, schwärmten zwischen verblichenen Fensterläden längst blinde Scheiben von Farben und vom Licht vergangener Tage. Wer hier vorbeikommt, passiert Zaun und Hecke, die, miteinander verschmolzen, sich gegenseitig zu stützen versuchen. Blätternder Lack blitzt angestrengt in der Sonne, versucht, noch einmal bewundernde Blicke zu heischen. Hinter dem Haus wirft blauer Himmel Sonne in Strahlen von sich. Zwischen gewaltigem Löwenzahn, Kamillenblüten steht Gras generalsgleich ungeheuer aufrecht. Brennnesseln schmachten Schmetterlingen hinterher und irgendwo hält ein Stamm, dessen Krone längst verrottet, mehr oder minder erfolgreich Stellung. Wer hier vorbeikommt, will nicht hierher. Will nicht dem Wind lauschen, der hohl und laut um kahle Dachgerippe streicht, will nicht glitzernde Glasscherben zwischen den Resten einer Veranda sammeln, wie kostbare Muscheln. Wer hier vorbeikommt, will durch das winzige Dorf zum Gasthaus, zum Wanderhotel, zum Autobahnzubringer.

Das Haus ist eine Ruine, lachen musterhaustreue Neubauten stadtflüchtiger Familien. Das Haus ist eine Schande, schimpft die Bürgerinitiative. Das Haus muss weg, plant ein Grundstücksmakler. Das Haus wird ein Schloss, sagt Paul, sagt das zweimal hintereinander, als änderte es die Realität. Das Haus wird ein Schloss, schreibt er an Alice, auf dem Tisch mit den Wurmlöchern, Hände zittrig vor Tatendrang. Meine liebe Alice, glaub mir, es wird wunderbar. Der Garten, schreibt er an Alice, soll den ganzen Sommer der Sonne entgegenblühen. Ich wollte immer Mandelbäume im Frühjahr, direkt am Haus. Ich werde Fenster einsetzen, damit wir Stare, Amseln hören in den Bäumen, Eidechsen zwischen den Steinen der Kräuterschnecke finden. Die Bleistiftmine bricht trocken und Paul klettert über Kisten, Gerümpel, löchrige Bodendielen – Liebe Alice, ich werde einen Wandschrank bauen, einen, wie wir ihn von deinem Urgroßvater kennen, weißt du noch? – zur Küchentür. Tageslicht bricht schwimmende Bahnen in feinen Staub, der verlegen letzte Pirouetten in der Luft dreht, dann schwer zu Boden sinkt. Zerbrochenes Porzellan schläft in Schränken, deren Türen keine Scheiben mehr haben. Aus dem Schlauch über der Spüle schießt Wasser in unregelmäßigen Schüben braunkalt heraus. Paul vergisst, warum er gekommen ist, öffnet Schubladen, deren Knäufe ihm wie von selbst in die Hände gleiten, zählt dunkel angelaufene Silberlöffel, füllt schließlich Wein aus Tetra Paks in einen Campingbecher. Meine Liebe, schreibt er später an Alice mit einem neuen Bleistift, die Fenster sind angekommen, aber ich werde sie zurückschicken, weil ich das Haus weinrot streiche und dann passen blaue Fensterrahmen nicht mehr. Manchmal tropft es noch durch undichte Stellen im Dach, aber stell dir vor, wie es sein wird, wenn ich alles neu eindecke! Alice, ich habe Holz, das reicht für eine Gartenlaube, wie die, in der ich deiner Mutter versprach, sie zu heiraten. Paul schreibt an Alice, jedes Mal, wenn sie wieder versucht hat, ihn anzurufen, seinen Anrufbeantworter fragt, ob alles in Ordnung sei, und schließlich in seine Lautsprecher seufzt. Er schreibt ihr, als der Postbote ihre Karten und Briefe zwischen die Zaunlatten steckt, weil der Briefkasten dem Wachstumsdrang der Brombeeren nicht mehr gewachsen ist. Paul schreibt Alice, worüber er mit ihr nicht spricht. Darüber, wie alles werden wird, dass das Haus ein Schloss sein wird. Es kommt nicht darauf an, schreibt er, was die Leute jetzt noch sagen, es kommt darauf an, was ich jetzt schon sehe. So war es immer; wird es immer sein. Paul schreibt an Alice vom Tisch mit den Wurmlöchern aus, von der Matratze, auf der er schläft und deren Federn den ausgedünnten Stoff längst durchdrungen haben. Liebste Alice, es wird Gästezimmer geben mit großen Betten und Teppichen, wolkenweich. Meine liebe Alice, du wirst mich besuchen kommen und durch zimmerhohe Atelierfenster schauen. Ach, Alice, es muss so viel getan werden, ich finde kaum Zeit, dir zu schreiben. In der Küche graben sich Bahnen in die dichte Staubdecke und markieren den Weg, den er zwischen Tür und Getränkefach täglich zurücklegt. Leere Tetra Paks hebt Paul auf – Liebe Alice, ich werde den Kamin einbauen, wir brauchen nur genug Papier zum Anzünden, du wirst es lieben – und stapelt sie deckenhoch an bröckelnden Flurwänden. Im Herbst fegt ein gewaltiger Sturm über den Hang und reißt weitere Teile der Dachverkleidung herunter, so dass der Garten ein paar Wochen lang von rotbraunem Sand wie von einer Decke eingehüllt ist. Paul schreibt an Alice. Schreibt von der Welt außerhalb des Hauses, die er nicht mehr erträgt und schon lange nicht mehr verstehen will, von den Menschen, die niemals sehen, was er sieht, von Blindheit und Gefangensein. Liebe Alice, ich habe mit achtundvierzig Jahren aufgehört, mit deiner Mutter zu reden. Sie merkte das erst gar nicht, dann begann sie zu schreien, immer nur zu schreien. Als könnte ihre Lautstärke gegen unsere Leere, ihre Präsenz gegen meine Einsamkeit anklingen. Alice, das Haus wird ein Schloss, weißt du noch? Wir werden hier feiern und Gäste haben und ich werde deine Mutter einladen, Alice, nur noch eine kleine Weile, bis alles fertig ist. Paul schreibt Briefe, deren Seiten eng und hastig beschrieben sind, mit kleinen Buchstaben, als fürchteten sie, nicht genug sagen zu können, bevor der Papiervorrat erschöpft ist. Seine Worte für Alice prägen Bilder in die Eiszapfen, die im Winter vom Stützgerüst des Deckenskelettes wie Silber funkeln. Sie schwirren, wispern, flüstern zwischen den Schneemützen der Zaunlatten, den noch verpackten Fensterrahmen und gelangweilten Fliesenbergen. Pauls Worte stapeln Tetra Paks, füllen, als das Papier ausgeht, die Ränder gelber Zeitungen, laufen über Löcher im Tisch, über den Boden, Wände hinauf und bedecken freigelegte Tragebalken. Liebe Alice, ich fühle, dass es Frühling wird. Wir werden Gardinen brauchen, aber keine aus schwerem Stoff. Ich habe angefangen, die alten Türen abzuschleifen, jetzt liegen sie trocknend überall auf dem Boden, aber mit dem Gerüst kann ich darüber steigen. Meine Liebe, der Arzt bedrängt mich. Ich habe versucht, ihm zu erklären, dass ich keine Zeit habe, dass ich ein Schloss baue, dass ich bald fertig sein werde, aber er versteht nichts. Alice, glaube mir, große Menschen in Vergangenheit und Gegenwart zeugten nicht dadurch von Größe, dass sie gegen etwas waren, sondern dadurch, dass sie etwas vertraten, für etwas waren. Liebste Alice, schreibt Paul in den Schmutz auf blinden Spiegelscheiben, wir werden uns so viel sagen müssen, wir haben so vieles voneinander nicht gewusst.

Das Haus ist eine Ruine, beschließt die Bürgerinitiative, der Makler entscheidet, das Haus befinde sich in einem für die Gemeinde unhaltbaren Zustand, aber Paul schreibt an Alice, das Haus ist ein Schloss. Zwischen den schiefen Zaunlatten ragen ungelesene Briefe wie Wegweiser hervor, Rotweinverpackungen stapeln Wolkenkratzer bis in den Hof hinaus. Im Mai fällt ein langer, ausführlicher Regen wie Seide vom Himmel und fließt in kleinen Bächen durch Brennnesselwälder und Grassümpfe. In gelben Gummistiefeln und staubbedecktem Mantel öffnet Paul die morsche Haustür. In seinem Gesicht haben Schmutz und Schweiß Furchen gegraben, Haar und Bart verwachsen miteinander – Liebste Alice, erinnerst du dich an den Anzug, den ich zu deinem Abschluss getragen habe? Ich klemmte in ihm wie ein Gefangener, sagt deine Mutter. Erinnerst du dich, wie wir ein Baumhaus gebaut haben zwischen Ästen der alten Kastanie, wie du Angst hattest, an den Himmel anzustoßen und stundenlang zwischen Blättern vom Fliegen träumtest?

Der Regen endet so gleichgültig, wie er begonnen hat und macht Platz für erste Sommertage. Paul schreibt jeden Tag an Alice, geht längst nicht mehr nach draußen.

Vogelschwärme ziehen laut, aufgeregt um das Haus, das der Hügel mit aller Macht von sich wegzudrücken scheint. Längst flüstern Ritzen und Ecken Pauls Worte – Worte, die er für Alice schreibt.

Längst duckt sich die Zaunhecke unter dem Gewicht faulenden Papieres, längst geht der Wind zu schnell, längst wird es Abend, längst ringt die Zeit mühsam um letzte Atemzüge.

Der Tag, an dem sich alles ändert, ist ein Sonntag.

Meine liebe Alice, schreiben zittrig alte Hände in den

Staub, was wir heute nicht sahen, sehen wir nie; was wir heute nicht sagten, sagen wir nie. Das Haus, an dem ich baute, wird niemals fertig werden: lass uns auf Landstraßen barfuß gehen, den Wind im Rücken, lass uns immerzu laufen, laufen, Luftschlössern entgegen.

Anna Siebert, geboren 1993 in Erfurt, studiert seit 2012 in Jena. Veröffentlichungen im Rahmen des Eobanus-Hessus-Preises (2011 und 2012) sowie im »hEFt für Literatur, Stadt und Alltag« (Januar 2013).

Christian Wolf

Eine Freundschaft

Ich hätte es wissen müssen! Die ganze Zeit schon hätte ich wissen müssen, dass es so weit kommt wie jetzt, ich vor ihm stehe und ihn anschreie. Wie leichtgläubig ich doch war! Ich schrie ihn an, was ihm einfalle, so mit meinen Sachen umzugehen. Aber nichts, er verzog keine Miene. Dabei hatte alles so harmonisch begonnen.

Ich erinnere mich noch ganz genau: Das erste Mal sah ich ihn im Supermarkt. Und wäre nicht die alte Frau Zuse da gewesen – alles wäre ganz anders gelaufen. In meinem Einkaufswagen befanden sich nur ein paar Einkäufe für den Abend, eine Tiefkühlpizza und ein paar Bier. Trotzdem musste ich warten. Die Schlange reichte weit in den Laden hinein, bis dorthin, wo die Wochenangebote liegen. Viel zu spät erst bemerkte ich, dass die alte Zuse vor mir stand – meine Nachbarin. Ihr zu begegnen ist mir stets unangenehm und ich versuche, den größtmöglichen Bogen um sie zu machen. Vor allem seit der Hausflurgeschichte.

Damals kam ich spät aus dem Büro, als sie plötzlich im Hausflur vor mir stand. Sie machte einen aufgelösten Eindruck.

»Junger Mann!«, rief sie wild. »Junger Mann!«

Auf ihren Rollator gestützt, kam sie ruckartig auf mich zu. Ihr samtgrünes Nachthemd streckte sich halb lang über die Knie, an ihren Armen hing die blasse Haut vom Knochen herunter. Und sie stank. Sie stank nach zu oft getragener Kleidung, nach ungelüfteter Wohnung und nach Medikamenten: Sie stank diesen unverwechselbaren Geruch alter Leute.

»Junger Mann!«

Es musste etwas passiert sein, dachte ich. Auf einmal sah sie mich erwartungsvoll an und ihre Hand berührte meinen Arm. »Wissen Sie, wie man auf Gleis 2 gelangt? Ich kenne mich hier auf dem Bahnhof so schlecht aus.«

Diese Frau war nicht nur wirr, sie hatte ihre weißlederne Haut an meinen Arm gerieben. Fäulnis stieg mir in die Nase.

Mein Mund war nicht dazu gekommen, eine Antwort zu formen, da er kämpfte, das für sich zu behalten, was mein Magen soeben auf Reisen geschickt hatte. Ich erbrach kurz vor meiner Haustür. Dass sie sich bei ihrem geistigen Zustand an unsere Hausflurgeschichte erinnert, wäre verwunderlich.

Aber jetzt stand sie vor mir und ich wollte nicht auch noch eine Supermarktgeschichte. Sie lehnte wieder auf ihrem Rollator und ich kam nicht umhin, mir vorzustellen, wie unter ihrer Jacke der Muff als unsichtbarer Schleier hervorquoll. Ich musste verhindern, dass sie mich sah. Also tat ich das einzig mir noch Mögliche: Ich drehte mich um. Und das war der erste Moment, in dem ich ihn sah.

Sein Äußeres machte einen gepflegten Eindruck. Sehr modisch, ein silbergrauer Zweiteiler, darunter weiß. Stilvoll. Fast schon so, als passe er gar nicht hier her. Auch hab ich ihn hier noch nie gesehen. Er war wohl nicht so oft in Supermärkten – oder zumindest nicht in diesem. Hinter meinem Rücken fing die alte Zuse an loszubrabbeln. Also ging ich auf ihn zu.

So kamen wir zum ersten Mal ins Gespräch. Ich hatte recht: Er war neu hier. Wir hatten nur ein paar allgemeine Dinge ausgetauscht, nichts Persönliches. Was die meisten Themen anging, war er auf dem neuesten Stand und konnte bei allem mitreden. Aber was mich am meisten beeindruckte, waren seine schier unendlichen Kontakte. Er schien gut vernetzt und es war für ihn wohl ein Leichtes, Anschluss zu finden. Das war letzten Endes für mich der Grund, warum ich ihm dieses Angebot überhaupt machte. Er hatte es eigentlich nur beiläufig erwähnt, im Nebensatz. Dass seine jetzige Bleibe nur vorübergehend angedacht war. Im gleichen Moment hallten die Worte meiner Exfreundin in meinem Kopf nach, als sie auszog: »Versuch mal, mit jemandem in Kontakt zu kommen. Und sozial kompatibel zu werden.«

Da stand er also, die Antwort auf die Schlussworte meiner Freundin – die verkörperte Sozialkompatibilität. Nur deshalb sagte ich ihm, dass ich ein Zimmer frei hätte. Im selben Atemzug merkte ich noch, wie überfallartig das doch klang, und fügte hinzu, wir könnten es uns ja beide noch mal überlegen.

Aber es blieb dabei: Ende der Woche zog er bei mir ein.

Er zog in das kleine Zimmer mit Blick zum Hinterhof. Viel hatte er nicht mitgebracht. Mir war immer noch unwohl dabei, dass jetzt alles doch so schnell ging. Also hatte ich mir ein paar Tage frei genommen, damit wir wenigstens gemächlich in unsere neue Wohngemeinschaft starten konnten. Die ersten Abende gesellte ich mich häufiger mit einem kühlen Bier zu ihm und aus abwegigen Themen ergaben sich interessante Gespräche. Sein Wissen schien unendlich, ebenso wie seine Fähigkeit, mich zu unterhalten. Er war eben ein wahrer Entertainer. Ich glaubte, viel von dieser Freundschaft erwarten zu können.

Insbesondere nachdem er versprach, mir bei meiner ersten wirklich wichtigen Präsentation zu helfen: dem Vorstand Wachstumszahlen vorstellen. Aber das war damals noch lange hin.

Auch nach meinen freien Tagen blieb unser Verhältnis intakt. Das alles änderte sich erst nach einiger Zeit, als er mir offen und ehrlich, aber zugleich vollkommen gleichgültig und kaltherzig gestand, dass er mir weder bei einer der anfallenden Arbeiten helfen würde, noch Lust hätte, sich mit mir auf nur irgendeine Weise zu unterhalten. Danach ging es nur noch bergab. Zwar gab er sich oft Mühe, das kann man nicht leugnen, doch solche Missstände lassen sich bekanntlich nur schwer ausbügeln, wenn einmal der Wurm drin ist. Seine »Anfälle«, wie ich sie nannte, hatte er immer öfter und dann stellte er auf stur, Durchzug. *Rien ne va plus*! Wie ein Kind, das seinen Willen nicht bekommt oder nicht vom Spielplatz weg möchte. Und dann half auch kein Betteln oder Flehen mehr und Entschuldigungen halfen erst recht nicht.

Manchmal fragt man sich, was man falsch gemacht hat! So auch bei jenem Mal. Ich kam vollkommen panisch von der Arbeit. Ich hatte die Präsentation verdrängt! Die wichtige, die vor dem Vorstand. Bis zum nächsten Morgen hatte ich noch Zeit. Ich wusste, dass ich die Unterlagen dafür zu Hause hatte – irgendwo – und dass ich jetzt seine Hilfe bräuchte. Zum ersten Mal fiel mir wirklich auf, wie unordentlich die Wohnung geworden war. Ich fand ihn in seinem Zimmer. Ruhig stand er da, den Rücken zum Hinterhoffenster. Er habe keine Ahnung, von welchem Ordner ich rede, antwortete er nüchtern. Ich musste schon lange nachhaken, bis er mit der Sprache herausrückte und zugab, dass er ihn vernichtet hatte.

Vernichtet! Er hatte ihn nicht einfach in den Papierkorb geschmissen, wo ich ihn zwischen dem ganzen anderen Krimskrams wieder mühselig hätte herauspulen können, nein! Er hatte ihn eliminiert, wie auch immer er das angestellt haben mag. Die Arbeit von mehreren Wochen war futsch.

Die Sache wurde persönlich.

So stand ich also vor ihm und schrie ihn an, was ihm denn einfiele, so mit meinen Sachen umzugehen. Aber er stellte wieder nur auf Durchzug und ließ sich von dem Ganzen nichts anhaben. Spätestens da platzte mir der Kragen.

Ich packte ihn und schmiss ihn mit voller Wucht aus dem Fenster. Mein Herz raste wie wild, mein ganzer Körper zitterte. Noch bevor ich mir der Tragweite überhaupt bewusst wurde, hörte man seinen dumpfen Aufprall im Hinterhof. Einen Sturz aus dem vierten Stock überlebt niemand so leicht. Aber das hätte er sich vorher überlegen müssen. Was zu viel war, war zu viel.

Ich war ihn los, fühlte mich erleichtert, als könnte ich seit Langem wieder frei atmen. Ich schaute aus dem Fenster: Seine Einzelteile waren über den ganzen Innenhof verstreut. Die Tastatur war komplett zerschlagen, einzelne Buchstaben besprenkelten den Boden. Etwas weiter lag sein Bildschirm, die Außenseite nach oben. Wie schnell man einem Computer doch das Leben aushauchen konnte! Die alte Zuse stand direkt daneben, ich musste sie um Haaresbreite verfehlt haben. Sie schien ohne weitere Schäden. Alt, klapprig, aber voll funktionsfähig schaute sie hoch und sah mich an.

»Junger Mann!«, rief sie wieder, »wissen Sie denn nicht? Obst gehört auf den Kompost!«

In diesem Moment war sie mir zum ersten Mal sympathisch.

Christian Wolf, geboren 1988 in Geesthacht, studiert seit 2009 Psychologie in Gießen.

Autorenwerkstatt

Ann-Christin Helmke

Pinselstriche

Rhea öffnet die bauchige Holztür, als würde sie ein Bierfass betreten, und schiebt sich hinein in die Kneipe, hält kurz den Atem an und zieht vorbei an Männerrunden, Freundeskreisen, Feierabendtischen. Es ist nur noch Platz an der Theke, sie bestellt ein Bier. Neben ihr sitzt ein Mann auf einem Barhocker in kurzen Hosen und einem knopflochgroßen Ring im Ohrläppchen. Sie starrt in das Loch und sieht die Bierflaschen auf dem Tisch dahinter durchschimmern. Hinter ihren Augen flackert ein Bild auf und sie weiß, dass er heute der Einzige ist, der infrage kommt. Der Mann zupft zweimal an Rheas Schal, bis ihr Blick von seinem Ohr zu seinem Gesicht schweift.

»Willst du was trinken?«, fragt er.

»Hab schon bestellt«, sagt Rhea und kann nicht aufhören, seinen Ring anzusehen.

Sie spürt seine Hand noch immer an dem Zipfel ihres Schals, wie sie ihn beschwert und der Stoff sich um ihren Nacken spannt. Sie zieht ihm den Schal aus der Hand, doch im gleichen Moment hält er sie fest. Seine Handinnenfläche ist rau, so rau wie Rheas Hände, wenn sie abends die Borsten der Pinsel auswäscht, sich die Haut abscheuert, kleine Löcher, die zurückbleiben, wie von aufgeplatzten Blasen, Hautränder, die spitz hochstehen und sich blau-grün-braun färben – von dem Wasser, das sich immer so färbt, egal, welche Farben zuvor in den Pinseln klebten.

Rhea zieht ihre Hand weg.

»Was ist los?«, fragt er, als ob es selbstverständlich sei, ihre Hand zu nehmen. Sie sieht ihm in die Augen und fragt sich, ob er betrunken ist. Vor ihm steht eine Flasche Bier, es sind noch zwei Schlucke drin. Das Silberpapier hat er heruntergekratzt, es hängt bestimmt noch unter seinen Fingernägeln fest.

Sie weiß nicht, was sie antworten soll. Sie nimmt der Kellnerin auf halbem Weg die Bierflasche ab. Der Mann stößt mit seiner Flasche gegen ihre, lächelt sie an und seine Augen glänzen schwarz wie frisch aufgetragene Plakatfarbe.

»Bist du alleine hier?«, fragt er und dreht seinen Kopf von ihr weg, sieht sich in der Kneipe um, als ob er erraten könne, wer zu ihr gehöre.

»Meine Freunde sind da hinten«, sagt sie und zeigt auf eine Tischgruppe am anderen Ende des Raumes.

»Willst du nicht zu ihnen?«

»Im Moment nicht.«

Er zieht einen Hocker heran, der gerade frei geworden ist, zerrt an dem orangefarbenen Bezug und beugt sich so weit zur Seite, dass sein Hocker fast kippt.

»Setz dich doch.«

Ungeschickt erklimmt Rhea den Hocker und wirft den Schal hinter sich auf den Rücken, damit er die Spitzen nicht mehr berühren kann – falls er das überhaupt vorhatte.

Sie stellt ihm keine Fragen, will nicht wissen, ob er Nils, Paul oder Henrik heißt, sie will nicht wissen, ob seine rauen Hände mit seiner Arbeit zu tu haben, oder damit, dass er abends auf seiner Gitarre übt, während er auf seinem Bett sitzt. Das Bett, auf dem sie heute vielleicht noch liegen wird.

»Was machst du hier, wenn deine Freunde da hinten sind?«

Sie lächelt ihn so an, wie Männer angelächelt werden möchten, sagt, dass sie eigentlich nur ein Bier holen und dann wieder zurückgehen wolle. Er bestellt ein weiteres Bier, lehnt sich danach zu ihr rüber und sie riecht den Alkohol seines gesamten Abends. Rum und Cola, Energydrink, womöglich betrunkener, als sie annahm.

Sie schweigen und trinken abwechselnd aus ihren Flaschen. Irgendwann springt er von seinem Hocker ab, stößt gegen Rhea und wankt in Richtung der Toiletten.

Als er nach zehn Minuten nicht wiederkommt, geht sie nach oben. Die Musik wird leiser, dumpf, als hätte jemand eine Decke darüber gelegt. Auf den Holzstufen liegen grüne Teppichstücke, schmutzig und alt. Sie zieht sich am Geländer die Stufen nach oben, es fühlt sich an, als ob sie in einer alten Pension wäre, auf dem Weg in ihr Zimmer, durch den schmalen Flur mit alten Bildern, die an holzverkleideten Wänden hängen.

Gegenüber der Toiletten steht ein altes Sofa, grün-gelb-ausgefranst. Rhea lässt sich darauf fallen und genießt die Ruhe. Keine fremden Lippen, die näher an ihr Ohr rücken, feuchten Atmen in ihrer Ohrmuschel hinterlassen. Ihr ist, als würde sie schlafen, ihre Gedanken vermischen sich miteinander wie der Löffel einen Würfel Zucker im Tee. Sie denkt, dass sie auf ihn, den Kerl mit dem Loch im Ohr, warten muss. Sie muss warten, weil er mit ihr geredet hat und weil sie ihn Gitarre spielen hören will, das hat er ihr doch gesagt, ja, und weil sie neben ihm liegen will und das Bild sehen will. Er erinnert sie an ein Gemälde in ihrem Kopf, das sie noch nicht deutlich genug sehen kann.

Irgendwann setzt er sich neben sie auf das Sofa. Rhea lehnt sich an ihn, an seine Brust, legt den Arm um seinen Bauch. Sein T-Shirt riecht nach Rum und fast riecht sie den Strauß der Gedankenblüten in ihrem Kopf. Er würde nach heißem Honig im Kochtopf riechen. Metallisch-süß, vielleicht schmeckt er auch danach.

Das Bild, das kurze Aufflackern beim Anblick seiner Ohrlöcher, wird klarer. Rhea legt die Lippen an seinen Hals, küsst ihn dort, wo seine Bartstoppeln wachsen. Sie tauschen Bierküsse aus. Als Rhea ihren Kopf zurückzieht, wischt sie sich mit dem Handrücken über den Mund. Weitere Küsse folgen, die nach Bier schmecken und Rum, wenn sich ihre Lippen voneinander trennen. Sie erkennt Formen, Kreise und Blöcke, über denen eine verschwommene Schicht liegt, wie Pergamentpapier, das eine Nebelbank abbildet, ein Gewölbe aus aufgetürmten Luftschichten. Verschwommene Sicht und unklare Blickführung. Genau so soll ihr nächstes Motiv aussehen.

Seine Hand schiebt sich zwischen ihre Oberschenkel. Rhea lockert die Muskeln und mit jeder Berührung seiner aufgeriebenen Hände hört sie das Zupfen ihrer Strumpfhose. Die geometrischen Formen lösen sich auf, als hätte sie Wachs erhitzt und ausgegossen. Die Tropfen ziehen lange Nasen und fließen bis dorthin, wo ihre Leinwand das Ende des Bildes und den Anfang der Realität markiert.

Es muss noch mehr zu sehen geben.

Er packt Rhea bei den Schultern, richtet sie auf und zieht

sie hinter sich her, bis sie wieder vor der Theke stehen. Wie abgesprochen leeren sie ihre Bierflaschen, er zeigt der Kellnerin beide Bierdeckel, bezahlt und sie verlassen die Kneipe.

Sie biegen an mehreren Straßenecken ab, irgendwann bleibt er stehen. Er öffnet ein großes Tor, sie durchqueren den Innenhof. An der Hauswand ist eine Wendeltreppe befestigt, die unter ihrem Gewicht schwingt. Er schließt die Tür auf, schlüpft im Flur aus seinen Schuhen, ohne Licht zu machen. Rhea drückt die Tür hinter sich ins Schloss und folgt ihm in das Zimmer am Ende des Ganges. Durch das Fenster scheint das Licht einer anderen Wohnung. Es könnte eine Küche sein, in der jemand das Licht angelassen hat. Er zieht seine Hose und sein T-Shirt aus und legt sich aufs Bett. Rhea tut es ihm gleich: lässt Stiefel, Kleid, Strumpfhose auf den Teppichboden fallen. Sie wickelt sich den Schal vom Hals und hängt ihn am Türgriff auf. Durch den Lichtschein sieht sein Körper aus wie eine Kohlezeichnung.

Er dreht sie auf den Rücken und alles, was danach geschieht, sieht sie in den Farben und Bildern ihres inneren Gemäldes. Er richtet ihre Beine auf, umfasst ihre Oberarme, so fest, dass sich seine Hände verkrampfen. Sie schließt die Augen, so fest, dass sie sich nicht mehr aus Versehen öffnen können. Mit jedem Auskeuchen wird ihr Ohr, ihr Hals feuchter und mit jedem Stoß das Bild deutlicher: Das Wachs verläuft weiter in seinen vorgesehen Bahnen, die Formen verzerren sich, färben sich schwarz, rot und grau.

Der Druck um ihre Arme löst sich und er legt sich neben sie. Rhea richtet sich auf, stellt die Füße auf den Teppich, wischt sich mit der Bettdecke seinen Schweiß von ihrem Bauch, zieht sich an und will in der Zimmerecke danach tasten, ob eine Gitarre and der Wand lehnt; doch sie wehrt sich dagegen, umfasst ihren Schal stattdessen. Im Flur stolpert sie über seine Schuhe und schließt die Tür hinter sich.

Ann-Christin Helmke, 1988 in Fulda geboren, arbeitete nach dem Abitur als Assistentin und Redakteurin in einer Marketingabteilung. Heute studiert sie Literaturwissen-

schaft und Anglistik in Gießen. Seit April 2012 betreibt sie den Literaturblog Wortgalerie (wortgalerie.wordpress.com). Sie schreibt sowohl Lyrik als auch Prosa, war Teilnehmerin der Schreibwerkstatt open writing 11/12 in Frankfurt am Main und Finalistin des open mike 2012.

Katharina Korbach

Die Fabrik

In der Fabrik sagen sie: *W. ist jetzt einer von uns.* Sie sagen das mit Genugtuung in der Stimme, *es war nur eine Frage der Zeit*, sagen sie und verziehen dabei ihr Gesicht zu etwas, das sie Lächeln nennen.

Keiner von uns kann sich an Tage erinnern, an denen die Sirenen nicht jeden Morgen ihr rotes Licht über die Dächer geworfen, in denen wir uns nicht in Zweierreihen aufgestellt und den Marsch vor die Stadtmauern angetreten hätten. *Dort, wo man dem Glück beim Schmelzen zusehen kann*, hat W. immer gesagt, *wo es so kalt ist, dass man bald im eigenen gefrorenen Atem steht, wo das Vakuum greifbar wird.*

Nach dem Apell schließen sie die Tore hinter uns und öffnen sie erst wieder, wenn die Stadt schon ganz stumm ist und Mondlicht sich zwischen die Pflastersteine setzt. Dann schalten sie die Neonröhren an und wir machen uns auf den Rückweg, ohne ein Wort, zurück in unsere Wohnungen, hinter verschlossene Türen, wo unsere Kinder uns Dinge fragen, auf die wir keine Antwort wissen. Dinge wie *Papa, warum bist du so blass, Papa, wo warst du heute, Papa, warum …*

Am Morgen werden wir von den Sirenen geweckt: ein neuer Tag.

Als W. hierherkam, hat auch er sich wie ein kleines Kind verhalten. Er ist in die Wohnung am Stadtrand gezogen, lachte viel und fragte uns, wer diese Männer seien, denen wir jeden Morgen auf den Hügel zur Fabrik folgen. Ich glaube, niemand von uns hat W. je richtig verstanden.

Einmal hat er mich eingeladen, wir saßen in seiner Küche und tranken Tee aus bemalten Tassen.

Von mir, hat W. gesagt, er hat viel erzählt an diesem Abend. Porzellanmaler sei er gewesen und beim Theater habe er gearbeitet, ob ich *Don Giovanni* kenne. Ich schüttelte den Kopf, ich kannte nicht viele Leute außerhalb der Stadt. Nach einer Zeit hat W. auf eine komische Art und Weise zu sprechen begonnen, ständig veränderte er seine Stimmlage, zog die Worte in die Länge. *Das war Don Giovanni*, sagte W. und ich dachte, dass die beiden bestimmt gute Freunde gewesen sein mussten, man merkte, wie sehr W. Don vermisste. Zum Abschied hat er mir einige seiner Tassen geschenkt, gemeint, dass es ihn gefreut habe und dass man das doch gerne wiederholen könne. Die Tassen standen lange unbenutzt bei uns im Schrank, irgendwann haben wir sie gegen Becher aus Aluminium eingetauscht, die sind praktischer und zerbrechen nicht so schnell, meinte meine Frau, und sie hatte recht.

Mit der Zeit sprach W. immer weniger und auch sein Lachen wurde immer häufiger von den Sirenen übertönt, so dass er es irgendwann aufgab. Tag für Tag ging er mit uns in die Fabrik, trug die gleiche Uniform, folgte den gleichen Anweisungen wie wir, wurde einer von uns, ganz wie sie es vorausgesagt hatten. Nur manchmal waren sie nicht zufrieden mit ihm, immer dann, wenn er mit roten Augen auf dem Appellplatz stand und Nass von seinen Wimpern perlte, das im Fallen gefror. Als am Abend W.s Porzellan in Scherben vor seiner Tür lag, ist er mit ihm zerbrochen.

Ich beschwerte mich nicht, vielleicht war das der Grund, weshalb ich befördert wurde. Sie gaben mir eine Plakette, die ich an meine Uniform pinnte und auf die ich sehr stolz war. Ab jetzt durfte ich die Arbeiter meines Bezirks Morgen für Morgen zur Fabrik führen, wo ich Meldung zu geben hatte: *vollzählig-nicht erschienen-krank*.

Ein guter Arbeiter hatte zu erscheinen, ein guter Arbeiter wurde nicht krank, das sagten sie uns immer wieder.

An jedem zweiten Donnerstag im Monat verließen die Menschen, die man hier nicht gebrauchen konnte, die Stadt. Jeden zweiten Montag im Monat wurde die Liste mit ihren Namen am Rathaus ausgehängt. Nicht viele vermissten einen von ihnen, wir verstanden, dass sie nicht ins System passten, weil sie einfach nicht genügten. W.s Name war nie dabei.

Einmal fragten sie mich: *Du kennst doch diesen W., er*

lebt in deinem Bezirk, ich nickte. *Es ist nur ein Versuch*, sagten sie, da verstand ich. Wenn sie es schafften, dass W. ein Teil wurde, dann würden sie es auch bei anderen schaffen können. *Erfolgreiche Synthese*, nannten sie es und ein Funkeln lag in ihren Augen, wenn sie davon sprachen.

Der Herbst hatte gerade angefangen, als ich den Namen meines ältesten Sohnes auf der Liste las und ganz vergaß, auch noch die anderen Namen zu lesen, wie es sich für einen guten Arbeiter gehört. Ich fragte nicht nach dem Warum, aber sie bemühten sich zu erklären: zu zierlich sei er, zu schwach für sein Alter, nicht geeignet für die Arbeit in der Fabrik. In diesen Sekunden spürte ich ein Ziehen, es dürfte in etwa zwischen der zweiten und dritten Rippe gewesen sein, aber es ging vorbei.

Am darauffolgenden Donnerstag begleitete ich meinen Sohn ans Stadttor. Wir warteten, bis sie uns das Zeichen gaben, Abschied zu nehmen. Dann tat ich zum ersten Mal seit Langem etwas Sinnloses, stand einfach nur da und sah ihm hinterher, wie er raus aus der Stadt und ins Ungewisse ging, etwas Feuchtes lief mir den Hals hinunter, ich wollte es mir gar nicht erklären.

Du siehst nicht gut aus, sagte mir W. am nächsten Tag, wir würden gleich zum Appell aufgerufen werden, sprechen war verboten. Ich wusste, irgendwann würde der Moment kommen, an dem ich W.s Anwesenheit nicht mehr ertragen könnte. *Sein Name stand auf der Liste, oder?* fragte er. *Wieso hast du nichts gesagt, ich hätte mich gerne verabschiedet.*

Zur Verabschiedung ist nur eine Person zugelassen, sagte ich, das musste er doch wissen. Wir schwiegen, zum ersten Mal fühlte ich mich nicht wohl zwischen all den gleichförmigen Körpern, zum ersten Mal wollte ich nicht durch das Tor gehen, zum ersten Mal schreien. Ich dachte, dass ich wohl krank werden musste, aber nein, ich war ein guter Arbeiter, ein guter Arbeiter, ein guter-

Kaffee, schwarz und aus dem Aluminiumbecher, ein Blick aus dem Fenster, abnehmender Mond, ich beschließe, schlafen zu gehen.

Jemand klopft ans Fenster, es ist W. Sein Motorrad lehnt

an der Bordsteinkante. W. sagt, er komme am besten gleich zur Sache, und dann viel, das ich nicht verstehe, in seiner skurrilen Art, die Dinge auszudrücken. *Der einzige Weg, sich dem Dunstkreis der Fabrik zu entziehen, ist, seinen eigenen zu gehen*, sagt er, da begreife ich, dass ihr Versuch gescheitert ist, dass W. nie einer von uns sein wird. Oder besser: einer von ihnen.

Er sagt etwas wie *weg von hier*, ich sehe die Stadtmauern im Rückspiegel und die Fabrik dahinter, ich nicke.

Es riecht nach Staub und Motorenöl, W. fährt viel zu schnell und ich genieße es. In unserem Rücken steht so etwas wie Freiheit, in unseren Hinterköpfen ist kein Platz mehr für das Gestern. Wir wissen, es wird seine Zeit dauern, bis wir ankommen. Bis wir die unbewegte Luft um uns zum Vibrieren bringen und endlich das sein können, was wir wollen: lebendig.

W. schläft im Schatten seines Motorrads, ich höre ihn atmen und denke, dass ich es ohne ihn wohl nie geschafft hätte, ins Hier zu finden.

Am Morgen werden wir von den Sirenen geweckt: ein neuer Tag.

Katharina Korbach, geboren 1995 in Wiesbaden, ist Schülerin an der Leibnizschule Wiesbaden. Bisherige Veröffentlichungen und Auszeichnungen: Auswahl zum »Treffen junger Autoren 2011«; Teilnahme am »Schreibzimmer Frankfurt« 2011 und 2012; Preisträgerin George-Konell-Förderpreis 2011.

Marcella Melien

Unter Wasser

Als meine Mutter anruft, sitze ich in der Küche am Fenster und schaue dem grauen Strom der Autos auf der Frankfurter Allee zu. Erst erkenne ich das Klingeln des Festnetztelefons nicht, weil kaum noch jemand die Nummer dafür hat. Meine Mutter spricht vom Haus und den Obstbäumen im Garten. Ich möchte das Fenster öffnen, aber dann würde es zu laut. Ich lehne meine Stirn an das dicke Glas und spüre das feine Summen des Verkehrs.

Irgendwann sagt meine Mutter: Martha hatte eine Gehirnblutung.

Solange ich mich zurückerinnern kann, hieß Großtante Martha bei uns Tante M. Als ich ein Kind war, konnte ich es nicht leiden, wenn sie auf mich aufpassen sollte. Schon damals war sie alt und mürrisch, saß den Großteil des Tages am Fenster, strickte. Wenn ich zu laut war, drohte sie, mir den Mund mit einem der Wollknäuel zu verstopfen, von denen sie immer reichlich um sich hatte, und seitdem verspürte ich, wenn ich an sie dachte, sofort ein pelziges Gefühl auf der Zunge und musste würgen. Meine Mutter sagt ihren Namen am Telefon und ich warte auf das Gefühl. Ich nehme einen Schluck Kaffee aus meiner Tasse, er ist kalt geworden. Auf den Gleisen des S-Bahnhofs neben der Straße fährt ein Zug durch, ein anderer hält, spuckt kleine Menschen aus. Das Gefühl kommt nicht.

Nachdem ich das Telefon aufgelegt habe, sitze ich noch so lange in der Küche, bis Su hereinkommt, um eine Lernpause zu machen und Teewasser aufzusetzen. Ist eine Gehirnblutung sehr schlimm?, frage ich sie.

Die kann bleibende Schäden verursachen, sagt Su. Kommt darauf an, was betroffen ist, wenn es das Sprachzentrum ist, kann man nicht mehr sprechen. Aber das Großartige an unserem Gehirn ist ja, dass eigentlich niemand es schafft, es

ganz auszulasten, und dass es manche Areale in bestimmten Fällen durch andere ersetzen kann, wenn sie ausfallen.
Zumindest glaube ich, dass sie so etwas sagt. Ich sollte nach Hause fahren, sage ich und stehe auf. Du könntest einen Mitfahrer mitnehmen, dann bist du nicht so allein, schlägt sie vor. Du findest sicher jemanden, der zumindest bis Leipzig mitwill.
Nein, ich fahre lieber allein.

Schön, dass du da bist, sagt meine Mutter. Sie hat ein Geschirrtuch in den Händen und verschwindet gleich wieder in der Küche, sie hat viel zu tun. Ihre Kollegin fragt, ob ich ein Bier möchte, mein Mund ist trocken, aber ich muss noch fahren, also lehne ich ab. Trotzdem bleibe ich erst dort stehen, bei zwei alten Männern aus der Nachbarschaft, die am Tresen sitzen. Einer von ihnen, den ich von früher kenne, macht einen dummen Scherz. Sehr witzig, murmele ich und suche mir einen freien Stuhl. Ich höre, dass sie meine zwei Worte, die ich ihnen zugeworfen habe, aufgefangen haben und sich jetzt zupassen, immer wiederholen: Sehr witzig, sehr witzig. Sie greifen oft irgendwelche Worte auf, um sie in Momenten, wenn niemand etwas sagt, in die Stille fallen lassen zu können wie Rettungsanker. Die Worte wirken dann deplatziert, ohne erkennbaren Sinn, aus einem anderen Kontext herausgenommen. Der eine echot die Worte, die er hört, als hätte er selbst keine mehr und sei darauf angewiesen, die aufzunehmen, die andere gerade benutzt haben, Secondhandworte, die ihm nicht immer passen, Wortdiebstahl; bis mir die eigenen Sätze albern vorkommen, wie von einem Papagei nachgesprochen.

Auf dem Weg zur Klinik denke ich kurz an Dinge, die ich mitbringen könnte, aber Blumen hat Tante M noch nie gemocht, Pralinen gehen nicht, weil sie Zucker hat, und ob Stricknadeln und ein Wollknäuel noch gehen, weiß ich nicht.
Tante M liegt in einem Bett mit Sicherungen an der Seite, damit sie nicht hinausfällt. Ihre Haare hängen wie dünne weiße Wollfäden um ihren Kopf.
Gut, dass du da bist, sagt sie, aber ich glaube nicht, dass

sie mich erkennt. Gut, dass irgendjemand da ist, meint sie eigentlich und bittet mich, sie aus dem Bett zu holen. Es steht gegenüber der Tür, neben dem Fenster, so dass sie nicht nach draußen sehen kann. Sie sagt, dass sie gerne den See sehen würde. Ich trete ans Fenster. Da ist kein See, draußen.

Ich weiß, wie ich hierhergekommen bin, sagt Tante M triumphierend. Mit dem Schiff bin ich gekommen.

Ich widerspreche nicht. Da ist das pelzige Gefühl auf meiner Zunge.

Ich weiß auch, warum sie mich hergebracht haben, fährt Großtante M fort. Weil wir doch aus den Häusern fort müssen. Weil sie Braunkohle gefunden haben und anfangen werden zu graben und später werden sie alles fluten. Dann wird dort ein See sein, wo unser Haus gestanden hat. Sie müssen es abreißen, sonst würde es ja auf dem Grund des Sees stehen.

Sie ist über fünfunddreißig Jahre in der Vergangenheit und fängt an, sie mit der Gegenwart zu mischen. Ich kann immer noch nichts sagen, überlege, ob ich eine Schwester holen soll, damit sie Tante M in den Rollstuhl hilft, aber was wird sie sagen, wenn sie hinausschaut und da ist kein See. Sie hat auch schon wieder vergessen, dass sie aufstehen wollte.

Weißt du, dass man bei uns früher erst ein vollwertiges Familienmitglied war, wenn man schwimmen gelernt hatte, sagt sie. Wir Kinder wurden irgendwann aus dem Boot geworfen und dann mussten wir um unser Leben schwimmen.

Ich kann mir Tante M nicht als kleines Kind vorstellen, das vor dem Wasser Angst hat, so wie ich vor ihrer Wolle Angst hatte, auch jetzt nicht.

Weißt du, dass die Männer früher im Winter Löcher ins Eis geschlagen haben, um zu baden, sagt sie dann. Bis einer von ihnen eines Tages nicht wieder aufgetaucht ist. Wahrscheinlich hatte er einen Krampf bekommen.

Ihre Füße in Wollsocken schauen unter der Decke hervor, sie reibt sie aneinander, als sei ihr kalt. Ich ziehe die Decke über ihre Füße.

Ich will nach Hause fahren, aber ich weiß nicht, was ich sagen soll, wenn meine Mutter fragt, wie es Tante M geht. Oder wie es mir geht. Stattdessen biege ich in den Weg zur

Schwimmhalle ein. Die Tasche mit Badezeug und Handtuch liegt immer im Kofferraum bereit, damit ich anhalten und ins Wasser gehen kann, falls sich irgendwo die Gelegenheit bietet. Es riecht nach Chlor, Putzmitteln und ein bisschen nach Shampoo, wie in allen Umkleidekabinen. An der Tür hängt ein Schild, das zum Duschen auffordert. Das Wasser wäscht Tante Ms Worte aus meinen Ohren, das pelzige Gefühl von meiner Zunge. Nach ein paar Bahnen wird mir endlich warm, ich spüre, dass mein Herz schlägt und mein Blut zirkuliert, spüre die Leichtigkeit meines Körpers, meine Muskeln, die sich gegen den Widerstand des Wassers spannen, schwerelos, atemlos.

Manchmal würde ich gerne unter Wasser leben. An einem Ort, der so klar umgrenzt und sauber gekachelt ist wie der Boden des Schwimmbeckens. Dann würde nicht die Stille auf uns drücken, sondern Wasser, doch das wäre in Ordnung so, das wäre normal. Dann würde sich niemand daran stören, dass alles, was unseren Münden entströmt, große Luftblasen sind.

Marcella Melien, geboren 1992 in Wiesbaden, studiert seit 2011 Buchhandel/Verlagswirtschaft in Leipzig. 2007 Anerkennungspreis beim George-Konell-Förderpreis Wiesbaden; 2009 und 2011 Veröffentlichung von zwei Jugendromanen; Veröffentlichungen in »Nagelprobe 28«, »Nagelprobe 29« und »L.– Der Literaturbote« (Oktober 2012)

Paula Wand

Linie 281 Apolda – Weimar
(Der letzte Bus fährt 18.17 Uhr)

Die ewig gleichen Holperpisten rauschen wir entlang. Vorbei an der kleinen Garagenlandschaft, wo an jedem Tor bereits die Farbe abgeblättert ist. So steht die Bunkerreihe in einem verwaschenen Betonbraun am Straßenrand. Ein graumütziger Mann beatboxt seinen Husten durch den Bus. Wir fahren bis zum üblichen Wendepunkt – der Haltestelle, an der nie jemand aussteigt. Die Türen der allein stehenden Häuser sind zugemauert, hier und da wachsen Blumen aus Stein. An einer der Fassaden leuchten in schiefem Schriftzug die Worte »scheiß Äffchen«. Scheiß Äffchen, denke ich also. Die Sonne steht schon ziemlich tief am Himmel und lässt es durch die schmierigen Fenster auf den leer gesessenen Plätzen flimmern. In den Gärten hocken die Leute und verdampfen in der letzte Hitze des Tages. Zwei Kinder, von der Ferne scheinen sie klitzeklein zu sein, springen wild auf einem der blauen Vorstadttrampoline. Der Junge hüpft und zieht sich im Flug selbst die Hose runter. Man schmunzelt. Neben der Landstraße hinter den grünen Hügeln liegt ein Metallhaufen im Graben. Er ist bereits blau leuchtend eingebettet und ähnelt einem scheußlich abstrakten Kunstprojekt. Große Augen stehen stumm neben ihren eisernen Gefährten. Schauen. Unser Bus schiebt sich humpelnd um die Kurve. »Weite Straßen sind gefährlich«, sagt eine Frau und wippt mit dem Kopf. Am abendroten Himmel fliegt ein Luftballon vorbei. Wirklich. Im gleichen Rotton blinkt es: ›Wagen hält‹. Ich rutsche leise vom Sitz. Und an der Haltestelle stehst du – die Kopfhörer auf – und ich winke. Es ist immer schön, dich hier zu sehen.

Paula Wand, 1995 in Apolda geboren, besucht die 12. Klasse der Bertuchschule in Weimar. Erste Preisträ-

gerin beim Schreibwettbewerb »Gesucht werden ...« des Friedrich-Bödecker-Kreises Thüringen e. V. Veröffentlichung in der »Nagelprobe 29«.

Manuel Zerwas

Ziel erreicht

Eine Bombe landet genau auf meinem Kopf. Glücklicherweise spüre ich davon nicht viel mehr als ein Vibrieren auf meinen Handflächen. Ich revanchiere mich mit einer Rakete und beende das Rennen erfolgreich als Erster.

»Knappe Runde, was?« Mein Vater grinst mich an und legt den Controller auf den Tisch.

Ich grinse nur zurück. Klar doch.

»Noch ne Runde?«, fragt mein Vater und er klingt so begeistert, dass ich zustimmen muss.

Warum nicht? Semesterferien, nichts Besseres zu tun. Herausforderung: nicht vorhanden. Spaßfaktor: mittelmäßig. Aber: nichts Besseres zu tun. Und mein Vater freut sich.

Wir starten eine neue Runde, lassen unsere Finger über die Tasten wandern.

Weitere Bomben werden verteilt, weitere Explosionen füllen das Bild.

»Die alte Hoffmann ist tot.« Meine Mutter meldet sich plötzlich zu Wort und ihr Kopf taucht hinter der großen Zeitung auf.

Ich stoße einen meiner Konkurrenten eine Klippe hinunter.

»Habt ihr gehört, die alte Hoffmann ist tot.«

Ein gelber Igel mit überdimensionalen Stacheln rollt knapp an mir vorbei.

»Was hast du gesagt?«, fragt mein Vater und wagt nur einen kurzen Seitenblick auf seine Frau.

»Die alte Hoffmann ist tot«, sagt sie zum dritten Mal.

Ich knalle gegen die Wand. Vorteilhafterweise ist mein Fahrzeug gegen solche Unfälle gefeit und ich fahre weiter.

»Wer?«, fragt mein Vater und setzt zu einem Überholmanöver an. Vergeblich.

»Unsere Nachbarin.«

»Welche?« frage ich.

»Die mit dem gepflegten Garten.«

»Ach so.« Ich springe hoch durch die Lüfte und lande gerade noch auf der Fahrbahn, ohne abzustürzen.

»Die heißt doch nicht Hoffmann, oder?«, sagt mein Vater und flucht, als er feststellt, dass er sich auf dem letzten Platz befindet.

»Doch, ich glaube, das ist die«, sagt meine Mutter.

Ein dickes Gürteltier springt mir entgegen und drängt mich ab.

»Die mit dem gepflegten Garten?«

»Ja, ich glaub schon.«

»Hm«, sagt mein Vater.

Ich gewinne das Rennen und wir starren auf die wackelnden Worte »*Die nächste Bahn wird geladen*« auf dem Bildschirm.

»Oder ist die das doch nicht?«, fragt meine Mutter. »Ich bin mir nicht mehr ganz sicher.«

Die Ampeln werden grün und wir fahren los.

»*Zum Gedenken an meine liebe Frau, unsere liebe Mutter, unsere liebe Oma. Es vermissen dich Peter Hoffmann ...*« Meine Mutter sieht auf. »Der ihr Mann heißt doch Peter. Das muss die sein.«

Eine weitere Bombe lässt mein Fahrzeug durch die Gegend wirbeln.

»Vielleicht schon«, sagt mein Vater.

»Wie alt war die denn, noch gar nicht *so* alt, oder? Fünfundsechzig?«

»Keine Ahnung.« Ich wollte auch mal wieder was sagen.

»Jetzt ist die einfach gestorben. An was nur?«, fragt meine Mutter.

»Scheiße! Verreck!« Ich feuere einen Giftcocktail auf meinen Vordermann, der daraufhin in einem lodernden Feuer gegen die Wand donnert.

»Keine Ahnung«, sagt mein Vater.

Es entsteht eine kurze Pause. Keiner sagt etwas. Keine Bomben fliegen.

»Aber ist die das wirklich?«, fragt meine Mutter. »Ich will das jetzt wissen.«

»Guck doch ins Telefonbuch«, schlägt mein Vater vor. »Da kannste gucken, in welcher Straße die wohnt.«

»Gute Idee!« Meine Mutter öffnet die Schublade des Wohnzimmerschranks und kramt nach dem Telefonbuch. In der Zwischenzeit äußert mein Vater die Vermutung, dass er den schlechteren Controller erwischt hat.

Meine Mutter setzt sich zurück auf das Sofa und blättert im »Örtlichen«.

»Das ist ja die Nebenstraße, in der die wohnen, oder? Wie heißt die noch mal?«

»Beethovenstraße«, stößt mein Vater zwischen den Zähnen hervor. Sein Fahrzeug sitzt im Schlamm fest.

»Genau.« Meine Mutter blättert eifrig weiter. »Hoff... Hoffeld ... Hoffmann. Hier. Peter und Marianne Hoffmann, Beethovenstraße 2. Das ist die. Die ist tot.«

»Hm«, sagt mein Vater niedergeschlagen. Er überquert die Ziellinie als Letzter.

Ich lehne mich zurück und starre auf den funkelnden Pokal, der meiner Spielfigur unter buntem Konfettiregen überreicht wird.

Meine Mutter blättert die Zeitung weiter.

Manuel Zerwas, geboren 1987 in Speyer, studiert Education, Germanistik und Sport (Master). Bisherige Veröffentlichungen/Auszeichnungen: 1. Platz beim Kurzgeschichtenwettbewerb des Onlineportals poetryweb.de mit dem Text »Ziel erreicht«, der auf der Frankfurter Buchmesse 2011 vorgestellt wurde; Veröffentlichung des Texts »Tür zur Hölle« in einer Hotel-Anthologie des Schreiblustverlags im Frühjahr 2013.

Anthologiepreisträger

Maximilian Borchardt

Kalte Luft

Es riecht nach Alter und Verwesung in der Straßenbahn, Linie 4, Richtung Hauptfriedhof.
Alle Linien verlaufen zum Anger, wie die Blutbahnen des Menschen zu seinem Herzen.
Hier schlägt der Puls der Stadt.
Eine ältere, korpulentere Frau kämpft sich mit aller Bosheit geladen und mit ihrem Rollator zur Tür, sie betätigt den Haltewunschtaster – doch die Straßenbahn fährt.
Sie bleibt außen vor.
Eine Gruppe von Jugendlichen ergötzt sich an dem Ungeschick der betagten Dame.
Dann werden die Kopfhörer wieder in der Ohrmuschel versenkt und mit totem Blick wird das Inventar der Straßenbahn gemustert.
In dieser Straßenbahn mit besagtem Ziel dürfte der Gedanke über den Tod doch nicht allzu abwegig sein.
Warum sollte man sich Gedanken über den Tod machen, wenn er noch nicht eingetreten ist?
Eingepfercht in der Tram, wie Joghurt mit Fruchtstückchen im Becher kurz vor dem Verzehr.
In der Schule sind sie alle dran, wer überlebt, darf wieder nach Hause mit dem fahrenden Sarg, ohne Logis versteht sich.
In der Schule steht harte theoretische Kost auf dem Plan.
Alle meine Mitschüler würgen und ich auch.
Die älteren Herrschaften in der Bahn haben es doch aber auch überlebt, irgendwie.
Früher war alles besser, doch heute ist das Gestern von morgen, also auch kein viel schlechterer Tag.
Die ersten Stunden werden die Motoren hochgefahren, kurz vor Mittag sind sie auf Betriebstemperatur, doch plötzlich der harsche Abfall ins Nichts.
Nichts ist mit Ausfall und deswegen ist nichts mit Freude.
Schule ist nichts, nichts von Bedeutung für alle.

Alle streben nur nach dem Titel, dem Abschluss, aber möglichst ohne große Anstrengung gedanklicher Natur.

Natürlich ist der Friedhof, viele kleine Parzellen auf weiter Flur, angelegt wie die Einfamilienhäuser oder auch die Kleingartenanlagen, nur noch kleiner.

Neben der Schule befindet sich eine Kleingartenanlage, gut zum Entspannen und früher der eigenen Nahrungsversorgung dienend, oder auch heute noch.

Die Krähen sitzen in den Pappeln und warten und ich auch.

Maximilian Borchardt, 1992 in Erfurt geboren, absolvierte nach dem Abitur mehrere Praktika im Bereich der Kunstdenkmalpflege und Landschaftsarchitektur.

Laura Friedrich

Wir schreiben Gedichte

Wir schreiben Gedichte,

wie wir Bäume pflanzen.
In der Hoffnung es möge etwas
Schönes daraus erwachsen.

Den Liebenden ein Versteck,

den Kindern zum Spiel
und dem Vogel als Heimat.

Laura Friedrich, 1993 in Gera geboren, arbeitet in einem Wein- und Whiskyladen und als freie Journalistin bei verschiedenen Zeitschriften, unter anderem für »ArtiLeipzig«. Bisherige Veröffentlichungen in der Schülerzeitung »InFact«, der »Nagelprobe 27« und in der Anthologie »Bibliothek deutschsprachiger Gedichte – ausgewählte Werke XIII« (2010). Sie arbeitet für den Radiosender mephisto und hat an verschiedenen Tanz - und Theaterprojekten mitgewirkt.

Sarah Friedrich

Nirgendjemand

Ännie. Schwer zu beschreiben. Ich sah sie in der Disco. Man lernt dort für gewöhnlich nicht das Wesen einer Person kennen.

Die Discokugeln rotierten. Warfen kleine Blitzlichter in die Menge. Die Leiber drängten sich auf der Tanzfläche. Ich stand an der Bar. Yannick und Bolle neben mir. Wir feierten. Ich starrte in die Masse. Bolle stieß mich an. Nickte zur Tanzfläche. Langes, rotes Haar. Der Körper bog sich unter der Musik. Bolle stieß erneut zu. Ich sah nur diese Hüften. Und ihr Lachen. Meine Kehle so trocken.

»Geh hin!«, schrie er mir ins Ohr.

Ich klammerte mich an mein Glas. Das ging nicht. Es war unser Abend. Unser Abitur. Unsere schon bald sehr erfolgreiche Geschäftsidee. Ein Typ machte sich an die Rothaarige ran. Umschlang sie von hinten. Aalglatt entfloh sie ihm. Grinste den Typen an. Und tänzelte davon.

Entschlossen stellte ich mein Glas ab. Stand auf. Bolle? Yannick? Längst woanders. Ihr rotes Haar wirbelte durch die Luft. Zwischen roten Strähnen sah ich ihre Augen blitzen. Ich stolperte auf die Tanzfläche. Ein Ring hatte sich gebildet. Und in der Mitte: Sie. Wie sollte ich zu ihr? Jemand stieß mich vorwärts.

Sie umkreiste mich. Stechender Blick. Und wir tanzten. So nah. Sie hatte einen Nasenring. Unzählige Sommersprossen. Einmal näherte sich ihr Mund meinem Hals. Ich erstarrte. Sie lachte. Umkreiste mich. Ich nahm ihre Hand. Wie sie wohl heiße, raunte ich. Ännie, raunte sie. Lachte. Und ließ mich zurück.

Yannick und Bolle wieder an der Bar. Klopften mir auf die Schulter. Ich ließ den Kopf hängen. Sah, wie jemand Ännie einen Drink ausgab. Bolle hielt mir ein volles Glas hin. Ein langer Schluck und mein Fuß wippte nur noch zur Musik. Ein Kerl flüsterte ihr ins Ohr. Ännie lachte. Sie prosteten sich zu. Weißes Top, dunkle Haremshose, Bastschlappen. Wie konnte jemand so Schlichtes nur so attraktiv sein?

Der Club leerte sich. Jemand tippte an meine Schulter. Ännie.
»Wollen wir?«, fragte sie.
Bolle warf mir einen eindringlichen Blick zu.

Wir gingen zu ihr. Dachgeschoss. Die Dielen knarzten. Der Duft von Mokka und Basilikum hing in der Luft. Indische Saris verschleierten die Fenster. Ein Perserteppich dämpfte unsere Schritte. Auf dem Futonbett nahmen wir Platz. Warum ich?

»Schön hast du's hier«, murmelte ich.
Ännie nickte gedankenverloren.
»Woher hast du das alles?«, fragte ich.
»Auf Reisen gesammelt. Letztes Jahr war ich in Indien.«
Sie deutete auf einen Reisekoffer. Fleckiges Leder, übersät von bunten Stickern.
Beeindruckt nickte ich.
»Wie ist es so in Indien?«, plapperte ich. »Bist du auf einem echten Elefanten geritten?«
»Was machst du?«, entgegnete sie. »Schule?«
Ich schüttelte den Kopf.
»Nee, bin fast fertig. Fehlen noch zwei Prüfungen, dann hab ich mein Abitur. Hab schon ein Unternehmen gegründet. ›Longboards-on-demand‹ – wird ein ganz großes Ding!«

Ännie fuhr sich durch das Haar.
»Weißt du, was jetzt ganz toll wäre? Unten im Haus ist ein kleines Restaurant. Rocco, den Kellner, kenn ich ganz gut. Würdest du mir ein Glas Pinot Noir holen?«
Ich blinzelte. Nickte langsam.

Zwei Stufen auf einmal nehmend preschte ich durch das Treppenhaus. Ännie war seltsam. Sie war wie ein Puzzle, das es zu lösen galt. Und dann stellt man fest, dass der wirre Haufen von Facetten ein viel größeres Kunstwerk ergab, als das zusammengesetzte Motiv es je vermochte.

Rocco. Weißes Hemd, schwarze Fliege, gebräunte Haut. Schmieriges Grinsen. Ich machte mir nicht die Mühe, am Eingang zu warten. Fing ihn vor der Bar ab.

»Ein Glas Pinot Noir, zum Mitnehmen bitte.«

Er hob seine Augenbraue.

»Ännie schickt mich.«

Ein Grinsen schob sich auf sein Gesicht. So provokant und herablassend wie eine fette Schmeißfliege. Er goss den roten Saft mit Schmackes in ein bauchiges Weinglas.

»Macht dann 7,20 Euro, Kleiner.«

Ich nahm das Glas mit festem Blick.

»Danke, das geht auf's Haus.«

Möglich, dass er mir noch etwas hinterherrief. War mir aber egal.

Ännie saß ausdruckslos auf dem Futon. Nahm das Glas entgegen. Schwenkte es. Schaute zu, wie der rote Saft in Wallung geriet.

»Er hat Geld verlangt, stimmt's?«

»Äh ja, aber das Restaurant ist ja auch nicht die Wohlfahrt.«

Plötzlich kam mir meine Tour von eben ziemlich daneben vor.

Sie schüttelte den Kopf.

»Das ist nicht der Punkt. Rocco und ich sehen uns öfter. Ich sollte nicht nur *irgendjemand* für ihn sein.«

Sie trank das Glas in einem Zug aus.

»Morgen bin ich weg.«

Geräuschvoll stellte sie das Glas auf dem Boden ab. Legte sich auf den Futon, zog Arme und Beine an.

»In Amsterdam. Ich träume schon lange davon, Straßenkünstlerin zu werden.«

Ich legte mich zu ihr. Versuchte zu schlafen. Was war das für eine Nummer?

So viele Typen. Die in der Disco, Rocco, ich.

Ihr Atem ging jetzt ganz regelmäßig. Das weiße Top spannte über ihrem Busen, der sich hob und senkte. Es ... stand mir nicht zu. Wenn ich nur kurz den kleinen Finger nähme ... Der Busen schimmerte leicht im Mondlicht. Ännie grunzte lautstark. Ich schreckte zurück. Es stand mir nicht zu.

Ich konnte nicht schlafen, also inspizierte ich ihren Koffer. Er sah ein bisschen so aus wie die Dinger, die man auf dem Flohmarkt kaufen konnte. Mit originalen Liebesbriefen. Stattdessen enthielt er ein einzelnes Dokument.

Ihren Reisepass. Anne-Marie Schullers Reisepass. Auf dem Foto war sie noch ein Kind. Das Ablaufdatum: 2005.

Ännie war nicht in Indien gewesen. Nicht letztes Jahr. Es war bestimmt ein Irrtum. Sie meinte vielleicht ... vor acht Jahren. Nein, sie hatte »letztes Jahr« gesagt. Ich betrachtete sie im Mondschein. Ihre Haut glänzte wie Elfenbein.

Sie hatte mich als Zuhörer gewollt. Das rubinrote Haar fiel ihr seidig über die Schulter. Nicht als Liebhaber.

Ich wusste nicht, wohin mit mir. Die Gedanken schrien. Trommelten. Wirbelten in meinem Kopf. Der Reisepass fiel zu Boden. Noch ein Blick auf ihr schillerndes Haar. Ich schnaufte verächtlich. Schillernd! Eine Lüge schillernder als die andere!

Sie war nicht irgendjemand. Um irgendjemand zu sein, setzt es eine Persönlichkeit voraus. Und kein Lügenkonstrukt.

Ich ging. Nirgendjemand blieb.

Sarah Friedrich, 1991 in Mainz geboren, absolviert eine Ausbildung zur Mediengestalterin in Wiesbaden.

Lea Heyer

Kurz vor Mittag

Was ich suche, ist das Abgefuckte, das Selbstzerstörerische. Die Intensität und Freiheit, Impulsivität. Was ich brauche, ist ein Ticket Berlin–Moskau, in Minsk steige ich aus. Sechsundzwanzig Stunden Enge, Korn und nur ein Klo für vierundfünfzig Passagiere. In der Kabine Knoblauch und Heizung auf max. Alte Socken und Zähneputzen, rostrotes Wasser. Eisen auf Eisen, zweieinhalb Stunden in dröhnender Halle. Männer in Pelz unter Neonwesten. Der erste Kefir in grauklirrender Morgenkälte, Cheburek im Fett am Bahnhofseck.

Fremder Bus in die Mitte der Stadt, wo Wowa wartet, seit eben, auf mich. In Hahnentrittmantel und schiefem Hut: wartet und raucht, Black Devil aus Pappe. Tag dir, Tag dir; ein Jahr nicht gesehen. Rauchen, laufen, Dosenbier. Um neun. Dosenbier, halb zehn. Dosenbier, zehn Uhr. Im Taubenschiss vor Frohsinn fliehen, Freiheit in dem Land aus Enge, durch Relation mit Alltagstrott. Wahn genießen, Seele schwärzen, brennende Lungen zischend gießen. Zehn Tage noch, dann der Bus. Abgezählt, alles.

Lalle dir piefigen Nonsens auf schlechtem Russisch ins Gesicht. Du redest nicht. Nach zwei Stunden verstumme auch ich. Warum so schweigsam, fragst du dann. Warum sollt ich reden. Wir laufen alle Wege. Sehen Mascha, Igor, Max; gehen in den Pub. So weiter bis zum Abend warten, wäre planlos dämlich. Suchen uns ein Klo, die Aufsichtsdame kriegt Zehntausend. Du ziehst dich aus. Ich zieh mich aus. Du hilfst mir, tainted love, mein Leben inszenieren.

Dann liest du Bukowski. Beim ersten Gedicht noch amüsiert; kalt-geil, lässig angepisst und schon alarmiert. Lass für einen Moment des Dichters Kotze an mein Frauenherz, schalte es dann aus. Überleg mir meine Befindlichkeit. Lass mich als geschlechtsloser Leser ein auf seine Abflusswelt. Augen wie verschimmelte Pfirsichkerne und, oh mein Gott,

ich habe Charles Bukowski gepimpert. Wenn ich so in deinen Sätzen ende, Wowa, hat sich was gelohnt.
Aber du wirst niemals publizieren, und ich liege nutzlos rum. Höchstens ich werd Storys landen, wenn hier endlich was passiert. Also lass die Hosen runter und steck dir die Kippen in den Arsch. Nein, zu primitiv. Erzähl von Vilnius und Wittgenstein.

Dienstagnacht, drei Uhr, wieder topft sie Blumen um, Katze auf der Schulter, deine fahle Mutter. Immer noch wohnst du bei ihr, und dein Vater liegt im Feinripp ausgestreckt. Neben ihm zwei Bier. Die Szene wie vor einem Jahr. Vielleicht enden so auch wir? Ein wir, ein erstes wir. An dem ich mich berausche, ein Zukunfts-Wir, fein gerippt und schnapsdurchtränkt, immerhin ein Fokus! Und leicht zu erreichen. Du machst das Bett, zwei Betten machst du. Als so dumm denkst du dir deine Eltern. Damenbesuch nachts um drei, und du wahrst den Schein. Hältst mir den Mund. Morgens wechseln wir die Seiten, deine Mutter poltert rein. Knallt das Metroticket hin. Privater KGB, Kontrolle überall. Du wolltest doch längst umziehen.

Die Kaffeemühle nicht zu finden, mahlst die Bohnen mit Stößel und Mörser, Erde fällt von den Rändern rein. Zwischen den Zähnen schwarze Stückchen, die uns den Tag begleiten. Frische Zigaretten kaufen. Schlittschuh laufen; Platz der Republik. Verachtet hab ich diese Geste, als ich davon las. Jetzt dreh ich selber meine Runden. Verstehe deine Apathie, und ich will sie niemals schlucken, und bin doch schon längst dabei. Resignation der Künstlerszene.
   Doch ich, natürlich, bringe *News*. Und helf uns beim Verarschen.

Lea Heyer, 1990 in Nürnberg geboren, studierte von 2009 bis 2012 Soziale Arbeit in Kassel. Seit Oktober 2012 absolviert sie das Anerkennungspraktikum bei der bdks Hofgeismar in einer Werkstatt für behinderte Menschen, Arbeitsbereich Gärtnerei.

Lisa Kaldowski

Rain Dog

Die falsche Dämmerung weckt mich auf. Ruft ein Leben in mir wach, von dem nur er weiß. Vertraut sehe ich Buddy an, der unruhig neben mir schläft. Es ist kalt heute Nacht und keine Sterne sind zu sehen. Die schummrige Straßenbeleuchtung schmiedet ein Stück schmutzigen Asphalt aus mir. Nur ein paar verirrte Schritte streuen Geräusche in die leeren Straßen und die Einsamkeit begießt weinend diese seltsame Saat, sodass ein ängstlich zaghaftes Gefühl der Verlassenheit daraus entwächst, das zu ernten sich manchmal auf wundersame Weise glücklich anfühlen kann.

Ein paar der Schritte kommen näher.

Wecken Buddy auf. Seine Pfoten hören auf, den Träumen nachzujagen, die ihn sonst schlaflos machen. Seine Augen hält er noch immer fest verschlossen. Doch seine Schnurrhaare wippen mit seiner Nase wie morsche Äste auf und ab. Da ist ein Geruch, den er kennt: Rauch, Rasierwasser und Mensch. Vor mir bleiben abgetragene Anzugschuhe mit ausgefransten Schnürsenkeln stehen.

»Guten Abend, Herr Hund.«

Ich wette, selbst Buddy weiß nicht einmal mehr seinen richtigen Namen. Zu lange hat ihn niemand mehr zu sich gerufen, um mit ihm zu spielen oder um ihn einfach nur hinter dem Ohr zu kraulen.

»Ja schau mal. Ich hab da was für dich.«

Er ist ein guter Mensch.

Aus seiner Jackentasche zieht er einige Hundekuchen, die herrlich nach Tierhandlung riechen und ein wenig nach dem Vogelfutter, neben dem sie dort gewöhnlich stehen.

»Na? Was is denn los, mein Großer?«

Er beugt sich so nah zu Buddy runter, dass sein Schatten mich berührt. Streicht dann einmal durch sein stumpfes Fell, während er ihm mit der anderen Hand die Hundekuchen hinhält. Zögerlich frisst Buddy. Seit er den hintersten

Backenzahn verloren hat, sind die Schmerzen beim Fressen einigermaßen unerträglich.

Die Schritte verlieren sich wieder mit ihrem Echo und sein Geruch verschwindet in einer Mischung aus fettigem Essen, Bier, billigem Parfüm und dem Geruch von ungewaschenen Menschen.

Ein anderer Geruch löst sich aus der Menge. Schwerfällig rappelt Buddy sich auf. Er ist alt geworden – vor allem in letzter Zeit.

Der Geruch malt in seinem Kopf das Bild von einem Kamin, von einer Decke auf dem Boden – von einem Platz nur für ihn.

Das fransige Fell seiner Pfoten saugt sich mit dem Pfützenwasser voll und er hinterlässt eine schlammige Spur auf dem Bürgersteig.

Ein Auto fährt vorbei, zeichnet mich groß auf die Hauswand, während Buddy erstarrt. Er weiß, dass Autos gefährlich sind.

Lola wusste es nicht. So ist das.

Er läuft weiter. Kein Gedanken an den blutigen Hundekadaver. Die Zeit macht gleichgültig.

Die Beleuchtung in den Vorgärten tarnt mich hellgrau auf dem Bürgersteig. Der Geruch ist schon vor zwei Straßen abgebogen. Der Kiesweg knirscht unter seinen Pfoten und kleine Steinchen setzen sich zwischen seine Ballen. Entschlossen trappt er auf eine Tür zu, die am besten zu seiner Erinnerung passt.

Wie sauber es hier ist. Selbst ich kann den Geruch nach Hühnchen noch wahrnehmen. Hier muss sicher niemand hungern.

Hier wäre ich gern zu Hause.

Doch die Tür gibt unter seinem Kratzen nicht nach. Seine vom Laufen stumpfen Krallen erzeugen ein leises Klacken und alles, was er erreicht, sind einige Schrammen im Holz. Eine Kralle bricht ab, sofort färbt sich das Fell an der Stelle schmutzig rot. Gierig leckt Buddy sein eigenes Blut.

Ohne uns zu beachten rennt eine gefleckte Katze vorbei. Das Letzte, was ich von ihr sehe, als sie durch die Tür schlüpft, ist ihre weiße Schwanzspitze, die von der Gartenbeleuchtung wie vom Mond selbst angestrahlt wird. Er rennt mit dem Kopf gegen die Tür. Bellt sie an. Jault schrecklich auf. Will einfach nur hinterher, doch seine Möglichkeiten sind ausgeschöpft. Für ihn gibt es kein Zuhause. Endlich verstehe ich, warum Hunde Katzen hassen.

Ein Regentropfen fällt Buddy genau auf seine große schwarze Nase. Er weiß, dass es Zeit ist zu gehen. Der Bewegungsmelder flutet die Auffahrt, als wir den gleichen Weg, mit gleichen Gefühlen, wenn auch mit dem Gesicht abgewandt gehen. Mit jedem Schritt scheint ein weiterer Tropfen zu fallen. Jeder Tropfen lässt die Farben in Buddys Kopf wieder zu einem Aquarell verschwimmen. Die Karte in seinem Kopf, die die Wahnbilder seiner Wünsche zeichnen, wird unbrauchbar, denn der Regen hat seinen eigenen Geruch.

Nachts schleicht er um die Häuser und klopft an Türen. Zieht vor dir seinen schwarzen Hut und verkauft dir mit einem schiefen Lächeln fremde Träume. Nur dass es im Traum keine Kälte gibt. Das hatte Buddy damals nicht bedacht. Damals war der Staub auf der Straße noch aus Gold – wie der Duft es uns versprach. Damals hat Freiheit satt gemacht – das hatte er uns gesagt.

Ach, was war unser Hunger groß und satt sind wir noch immer nicht.

Der gleichmäßige Schritt von Buddy versetzt mich in Trance. Ich bin gezwungen, ihm zu folgen, gehe mit ihm durch Hell und Dunkel.

Linke Pfote. Mal aus Liebe.
Rechte Pfote. Mal aus Pflicht.
Er zieht das rechte Hinterbein nach. Bin irgendwie einfach immer da. Als Schatten an der Wand.

Das metallische Kratzen der Zugräder auf den vereisten Schienen kündigt an, dass wir uns vom Wohngebiet wegbewegen.

Wieder Menschen, wieder Lichter.

Der Wind, der vom Bahnhofsviertel abdreht, winkt obszön mit dem Geruch von dem, was dieses Viertel darstellt und tatsächlich ist.

Buddy stellt seine eingerissenen Ohren auf. Der Lärm macht ihn nervös. Mehrmals ändert er die Richtung. Es gibt hier keine Fährte, der er folgen könnte. Nur für einen Atemzug scheint in diesen riesigen Waschzuber aus Uringeruch, Alkohol und Abfällen, ein Anflug von etwas Bestimmtem mal rot, mal blau abzufärben, bevor es sich mit all den anderen Farben zu Kotbraun mischt.

Ein wenig verwundert es mich, dass Buddy die Asianudeln verschmäht, die klatschend neben Erbrochenem landen, das nach ein paar Stunden riecht.

Der Regen wird stärker.

Sein Fell klebt an ihm wie die verschmierten Wimpern einer heulenden Nutte.

Vereinzelt spuckt die Brücke dicke Tropfen. Oberhalb der Brücke geht der Regen weiter.

Ohne sich zu schütteln legt Buddy sich hin. Sein nasses Fell bildet um ihn herum eine Lache. Er schnaubt kurz und sein Atem bewegt den Staub auf dem Boden, bläst ihn in einer solidarischen Geste zu mir.

So nah waren wir uns schon lange nicht mehr – und ich habe es vermisst.

Ich halte mich an seinem Atem fest.

Ein.

Aus.

Das rasselnde Geräusch dazwischen.

Ich hoffe, dass das Schweigen, das ich Buddy anbiete, mehr ist, als ich glaube. Sein Atem wird ruhiger, schließlich muss er sparsam damit umgehen.

Schützend lege ich mich in dunklen Facetten über ihn.

Jetzt schläft er. – Ein – Aus.

Schläft sich gesund – das rasselnde Geräusch dazwischen.

Gesund von einer kranken Welt – die Dunkelheit wird still.

Für C.

Lisa Kaldowski, 1994 in Darmstadt geboren, besucht das Gymnasium Gernsheim. Teilnehmerin am Prosa-Schreibzimmer 2012 des Jungen Literaturhauses Frankfurt.

Marcel-T. Metzke

Das Liniendiagramm des Lebens

Plötzlich beugte sich der grauhaarige Mann zu einem Jungen auf dem gegenüberliegenden Sitz der U-Bahn vor und sagte mit verschwörerischer Stimme: »Wissen Sie, wir beide sind gar nicht so verschieden.«

Der unauffällige Junge mit schwarzem Mantel und Geigenkoffer neben sich auf dem Sitz schreckte aus seinen Gedanken hoch, umklammerte mit einer Hand den Koffer und sah den Mann misstrauisch an. Dieser lehnte sich wieder zurück und positionierte seinen eigenen, viel größeren Koffer anders an seinem Knie.

Der Junge biss sich auf die Lippen und schien mit sich zu ringen, wie er sich verhalten sollte. Für einen kurzen Moment sah er sich verstohlen um. Alle Fahrgäste hatten klassische Instrumente dabei, einige verstaut, andere wurden gerade geputzt oder bespielt. Es gab eine Klarinette, eine Trompete, ein Fagott, eine Querflöte und einiges mehr, aber keiner der Musiker hatte Notiz von dem Jungen genommen. Bis auf diesem Mann ihm gegenüber.

In den großen klassischen Konzerten, die sich ständig zufällig auf der Straße ergaben, spielten die Beteiligten stets verdeckt. Sie lauschten ihrem eigenen Klang und dem Gesamtklang des Orchesters. Hinterher wusste jeder genau, wie gut die anderen waren und wie man selbst zu ihnen stand. Man hatte gehört, welche Töne herausgestochen hatten und wer sich gar vielleicht verspielt hatte. Für die nächsten Konzertauftritte konnte das entscheidend sein, denn die nächsten Bühnen warteten schon.

Der Junge in der U-Bahn fiel äußerlich nicht ins Auge, auch wenn er gerade auf einigen Bühnen eine unfassbar gute Leistung abgeliefert hatte. Doch bisher erkannten die Menschen sein Gesicht nicht. Dafür war er zu neu auf den Brettern, die die Welt bedeuteten, aufgetaucht. Oder hatte ihn dieser Mann doch erkannt?

»Wie meinen Sie das?«, fragte der Junge jetzt forsch und

behielt sein Gegenüber genau im Blick. »Nun ja,«, lächelte der Fremde, als wollte er weit ausschweifen, bevor er behutsam antwortete: »Ich sehe, dass Ihnen die Geige, die Sie bei sich haben, viel bedeuten muss. Ich habe mein gutes altes Cello, das ich mit mir herumtrage. Es ist für mich auch sehr wertvoll.«

Die Gesichtszüge des Jungen schienen sich etwas zu entspannen. *Er weiß nicht, dass ich den Ton angebe, dass ich die erste Geige besitze,* dachte er etwas erleichtert. *Er hat keine Gier in seinem Blick, er ist alt und glücklich und redselig, mehr nicht.* Trotzdem ermahnte sich der Junge zu erhöhter Vorsicht. Woher wusste er, dass der Mann die Wahrheit sprach, der nun den Blick auf seinen eigenen Koffer richtete und damit begann, versonnen und wie in weit entfernten Gedanken, die Oberfläche des Behälters zu streicheln.

Plötzlich schien ihm eine Idee zu kommen. »Wollen Sie mein Instrument einmal ausprobieren?«, fragte er begeistert.

»Nein«, winkte der Junge ab. »Ich denke, das ist nicht nötig, vielen Dank.«

»Ach, kommen Sie schon! Was ist dabei, einfach einmal zu probieren, wie es klingt?«

»Das ist sehr nett, wirklich, aber ich ...«

»Hier, ich gebe es Ihnen!« Einige Sekunden später sah der Junge ein sehr altes, gut erhaltenes Celloinstrument, das direkt vor ihn gestellt wurde, so dass er, ob er nun wollte oder nicht, seinen Geigenkoffer neben sich auf die Bank legen und das Cello ergreifen musste, damit es beim Schaukeln des Wagons nicht kippte und auf dem Boden aufschlug.

Freudig reichte ihm der Mann den Bogen, der Junge seufzte und begann, gerade als der Zug in den nächsten Bahnhof einfuhr, ein paar Töne und eine kurze Melodie auf dem Instrument zu spielen. Es klang weicher, als er erwartet hatte, aber nicht ganz so klar, wie es hätte sein können. Nach einigen Takten gab er den Bogen wieder zurück und das Cello wurde ihm abgenommen.

»Wie ist der Klang?«

Der Junge sagte bloß: »Ja, sehr beeindruckend.«

»In einem Orchester sind Streichinstrumente das Wichtigste, finde ich«, sprach der Alte, während er das Cello wieder verstaute.

Der Junge nickte nur und blickte vorsichtig in alle Richtungen. Noch immer beachtete niemand das ungleiche Dialog-Duett dieser beiden Personen.

Der Junge dachte über Konzerte nach und seine ganz besondere Rolle, die er bis jetzt einige wenige Male darin gespielt hatte.

Der Mann sinnierte weiter: »Wissen Sie, ein Freund von mir arbeitet im Tonstudio und hat mir gezeigt, dass ein Orchesterklang, so imposant und so mächtig er auch sein mag, aufgezeichnet und grafisch dargestellt nichts weiter ist als einige Linien, welche die Lautstärke angeben, so wie bei jedem beliebigen anderen Ton oder Klang, den es gibt. Und zoomt man ihn aus dem betrachteten Ausschnitt heraus, so wird der Detailreichtum kleiner, aber die Entwicklung der Lautstärke wird sichtbar. Es ist die wahrscheinlich abstrakteste Möglichkeit, Musik darzustellen. In der Kunst gibt es viel bessere Darstellungen.«

Der Junge hörte interessiert zu. Er wusste zwar nicht, warum der Mann ihm dies alles erzählte, aber nun war er neugierig geworden. Worauf wollte der Mann nur hinaus?

»Das einzig wirklich Faszinierende an solch einer Grafik ist jedoch, dass selbst das lauteste Forte, herausgezoomt und in immer größerem Abstand betrachtet, schließlich und letztendlich auch eine gerade Linie ohne Ausschläge ergibt – ergeben muss. Eine Linie, die ja normalerweise die größtmögliche Stille anzeigt. Also kann praktisch jede Stille, je nach Abstand, eine unglaubliche Lautstärke haben und im umgedrehten Fall die vermuteten, Trommelfell erschütternden Geräusche nichts als beinahe lautloses atmosphärisches Rauschen sein. Erkennen Sie die Bedeutung? So ist es im Leben: Es kommt nur auf den Abstand zu den Dingen an, von dem aus betrachtet wird. Je größer die betrachtete Zeitspanne auf der X-Achse ist, desto unwichtiger und unbedeutender wird das vorher Große und Wichtige insgesamt.«

Der Junge war fasziniert, die wenigen Worte brachten in ihm etwas zum schwingen. *Ein Liniendiagramm der Mu-*

sik des eigenen Lebens ... Er antwortete: »Im Grunde sehr einleuchtend, aber die Menschen haben, wenn Sie mich fragen, zwar unterschiedliche, aber nie so vollkommen andere Abstände. Wenn ein Ausschlag sehr hoch, ein Ton sehr laut, also der Erfolg sehr groß ist, dann wird es bei jedem Menschen als lautes Schallereignis sichtbar sein. Denn niemand hat solch einen gewaltigen Abstand zu den Dingen, dass er nur noch Stille sieht.«

Der Mann wirkte überrascht über die Antwort des Jungen und erwiderte fast beiläufig, gefährlich leise: »Sicher.« Er schloss die Augen. Dann sprach er weiter, jetzt nur noch ein Flüstern, so dass der Junge ganz genau hinhören musste: »Alles wird irgendwann einmal Stille, also unbedeutend und klein, wenn ein bestimmter Abstand, eine gewisse Distanz dazu erst einmal erreicht ist. Bei kleiner Lautstärke reicht ein kleinerer Abstand, bei größerer wird ein dementsprechend großer Abstand benötigt. Nur ist es für uns vermutlich in den meisten Fällen niemals möglich, eine ausreichend große Distanz zu unserem Leben zu schaffen, weswegen unser ganzes irdisches Streben auf persönliche Lebens-Lautstärke abzielt. Dabei sollte es eher der Versuch sein, zumindest etwas Abstand zu schaffen, sonst gehen wir unter – an fremder Lautstärke und eigener Stille.«

Der Mann hatte in seinem beschwörenden, ja fast hypnotisierenden Vortrag jetzt sogar die ungeteilte Aufmerksamkeit des Jungen erhalten.

Als der Zug im nächsten Bahnhof hielt, schlug der Mann blitzartig die glasigen Augen auf, lächelte den Jungen mit einem Blick an, bei dem zwischen Freundlichkeit und Wahnsinn kaum unterschieden werden konnte, und bedauerte: »Aber ich finde keinen Abstand zu den Dingen.«

Überraschend schnell sprang er auf und hatte mit wehendem Mantel in drei, vier großen Schritten die Türen erreicht, die das Warnsignal gaben und sich kurz darauf schlossen.

Der Junge sah ihm einen Moment nach und erkannte dann zwei Dinge: Der Cellokoffer lehnte noch an der Sitzbank – und sein eigener Geigenkoffer war verschwunden.

Eisige Kälte ließ ihn erstarren. Nur wenige Augenblicke vorher hatte an dieser Stelle sein Ein und Alles gelegen.

Vollkommen aufgelöst sprang der Junge auf und riss an den Griffen der Tür. Hartnäckig und erbittert hämmerte, trat und stieß er unter aller Gewalt und Gebrüll gegen die bereits geschlossenen Türen des nun wieder anfahrenden Zuges.

Marcel-T.-Metzke, 1989 in Berlin geboren, studiert Deutsch und Biologie (Lehramt an Gymnasien) an der Universität Kassel.

Lea-Maraike Sambale

Intensiv

Mittwoch

Sie öffnet leise die Tür zu seinem Zimmer. Die weiße Türklinke aus Plastik quietscht ein wenig beim Herunterdrücken, doch das fällt in dem Trubel hier nicht auf. Im Minutentakt quietschen Türen, laufen Menschen über die Gänge, hört man die Räder der Betten über den Linoleumboden rutschen. Das Zimmer wirkt beim Betreten düster. Er liegt in seinem Bett und schaut starr an die Wand gegenüber. Die Junisonne blinzelt durch die tristen, grauen Vorhänge und malt zauberhafte Muster an die Wand. Er scheint das Sonnenspiel zu beobachten. Seine Pupillen bewegen sich, folgen den wandernden Lichtern. Sie betritt das Zimmer.

»Guten Morgen, der Herr!«

Es kommt keine Antwort.

»Ich wische nur eben schnell mal durch.«

Den Wischer in der Hand, beginnt sie mit der Arbeit. Sie ist gründlich. Beginnt immer in der hinteren rechten Ecke und arbeitet sich dann langsam an den Wänden entlang bis zur Mitte des Zimmers vor. Dann wischt sie über den Tisch, der nur dem Abstellen der Mitbringsel von Besuchern dient, wischt über die Stuhllehnen und die immergrünen Blätter der künstlichen Topfpflanze auf der Fensterbank. Mit einem trockenen Tuch putzt sie über die zahllosen Steckdosen und Anschlüsse am Kopfteil des Bettes.

Er stöhnt, brabbelt unverständliche Worte vor sich hin. Sie schaut ihn nicht an, denn heute ist ein schlechter Tag. An schlechten Tagen kleben ihm die weißen Haare in Strähnen am Kopf fest. Die dünne Haut an seinen Handrücken schimmert wie milchiges Glas und die Adern darunter lassen sich wie dicke, blaue Regenwürmer zählen. An schlechten Tagen redet er nicht, dann weiß er oft nicht mal, welcher Tag heute ist oder ob die Sonne draußen scheint.

An schlechten Tagen schaut sie ihn nicht an, denn dann ist er nicht er selbst.
»Ich bin für heute fertig! Bis morgen.«
Stille.
Leise packt sie ihre Utensilien in den Plastikeimer und verlässt das Zimmer.

Donnerstag

Heute scheint die Junisonne nicht. Draußen regnet es in Strömen und sie hat Mühe, die schwer gewordenen Füße zu heben, um den Putzwagen von Zimmer zu Zimmer zu ziehen. Die Türklinke quietscht, sie öffnet die Tür. Ein starker Luftstoß weht ihr entgegen und lässt ihr einen kalten Schauer über den ganzen Körper laufen. Hinter ihr donnert die Tür ins Schloss. Er sitzt aufrecht in seinem Bett und schaut fasziniert zum offenen Fenster hinaus.
»Wissen Sie, das ist wie früher, als ich noch zur See gefahren bin. Da war das Wetter auch so windig und regnerisch.«
Sie geht zum Fenster und will es schließen.
»Nein! Nicht zumachen!«, schreit er und wirkt dabei wie ein kleines Kind.
Sie fängt an, den Fußboden zu wischen. Ihrer täglichen Routine nach, arbeitet sie sich bis zur Mitte des Zimmers vor. Er sitzt immer noch da und schaut gebannt aus dem Fenster.
Seine Augen scheinen jeden einzelnen Regentropfen, der vom Himmel fällt, fixieren zu wollen. Ein kräftiger Wind pustet ins Zimmer und lässt die grauen Vorhänge tanzen. Er lacht und fängt leise an zu summen.
»Das ist ja wie bei meiner Hochzeit! Los, Püppchen, tanz!«
Als sie über die Armaturen am Kopfende des Bettes wischt, fasst er ihren Arm. Sie schaut ihn an. Seine Wangen sind ein bisschen rosig und aus seinen Augen strahlt Begeisterung.
Ja, heute ist ein guter Tag!
»Ich bin für heute fertig! Bis morgen.«
Er summt noch, als sie das Zimmer verlässt.

Freitag

Sie betritt das Krankenhaus, streift die Schuhsohlen an dem roten Fußabtreter ab und fährt sich durch die nassen Haare. Ohne nach rechts oder links zu schauen, führt ihr Weg in den kleinen, von Metallschränken gesäumten, Raum. Sie nimmt die Arbeitskleidung aus dem Schrank, eine blaue Hose und ein Putzkittel in einem hellen, ausgewaschenen Grün. Die Hose klebt an ihren nassen Beinen. Beim Blick in den Spiegel stöhnt sie leise auf und bändigt dann die wild vom Kopf abstehenden Locken mit einem Haarband. Vor dem Verlassen des Raumes kontrolliert sie noch einmal ihre Taschen nach dem Schrankschlüssel und der Schlüsselkarte. Dann macht sie sich auf den Weg. Vor dem Schild »Achtung, Zutritt nur für Personal« bleibt sie stehen, zieht die Schlüsselkarte aus der Tasche. Es »piept« und dann springt die Tür mit einem lauten »Surren« selbständig auf.

Ihre Utensilien in der Hand, betritt sie sein Zimmer. Das spärliche Licht von draußen erhellt es nur notdürftig und so schaltet sie das Licht ein. Die Schläuche an seinem Körper scheinen sich über Nacht verdoppelt zu haben. Kaum ein Anschluss an der Leiste über seinem Bett scheint noch frei zu sein.

»Guten Morgen, der Herr!«

Ein in gleichmäßigen Abständen ertönendes Piepen antwortet.

Routiniert beginnt sie mit ihrer Arbeit. Sie ist gründlich. Beginnt in der hinteren rechten Ecke und arbeitet sich dann langsam an den Wänden entlang bis zur Mitte des Zimmers vor. Der Tisch ist verschwunden und an seiner Stelle steht nun ein großes, rollbares Gerät mit zahllosen Schläuchen, angeschlossenen Ampullen und Spritzen. Die vielen kleinen Schläuche laufen aus dem Gerät zum Bett, werden dort gebündelt und münden schließlich in einer Kanüle an seinem rechten Arm. Vorsichtig wischt sie über die Anschlüsse oberhalb des Kopfteils, um ja kein Kabel zu lockern oder womöglich zu lösen. Seine Augen sind geschlossen, der Mund ist leicht geöffnet und ein dicker, durchsichtiger Schlauch führt hinein und lässt ihn seinen Brustkorb heben und senken.

Überall dort, wo Schläuche auf dem Körper lagen, sieht man leichte Furchen, die sich wie kleine Kanäle in die Haut gearbeitet haben. Die weißen Haare kleben auf seiner Stirn und seine Haut wirkt blassgrau.
Leise verlässt sie das Zimmer.
Nein, heute ist kein guter Tag!

Montag

Es piept und surrend öffnet sich die Stationstür. Mit leichten Füßen holt sie ihren Wagen aus dem kleinen Raum am Ende des Flures. Montage – sind gute Tage! Man kommt wie aus einer anderen Welt. Eine Welt, die ihre Tore alle sieben Tage öffnet, um einen zu empfangen. Dort kann man seine Gedanken an die Woche wie eine nasse Regenjacke abstreifen, um diese am Montag wieder trocken und wie neu überzuwerfen.
Sie betritt sein Zimmer. Das Licht brennt und ein junger Mann in blauer Arbeitskleidung bezieht gerade das Bett. Es ist leer. Einige tiefe Atemzüge, dann beginnt sie mit ihrer Arbeit. Sie ist gründlich. Beginnt immer in der hinteren rechten Ecke und arbeitet sich dann langsam an den Wänden entlang bis zur Mitte des Zimmers vor. Dann wischt sie über den Tisch, die Stuhllehnen und die immergrünen Blätter der künstlichen Topfpflanze auf der Fensterbank. Mit einem trockenen Tuch putzt sie über die zahllosen Steckdosen und Anschlüsse am Kopfteil des Bettes. Ohne die Schläuche sehen diese gar nicht mehr so furchterregend aus. Leise verlässt sie das Zimmer.
Ist heute ein guter Tag?

»Und das soll auf dem Zettel stehen:
›Weine nicht, Mama!
Wir sehen uns wieder in Nagijala!‹«
(»Die Brüder Löwenherz« von Astrid Lindgren)

Gewidmet Signe R.,
denn du warst im Innern immer ein Jonathan Löwenherz.

Lea-Maraike Sambale, 1992 in Minden geboren, studiert Physiotherapie an der hogeschool Thim van der Laan in Utrecht und macht eine Ausbildung zur staatlichen Physiotherapeutin an der Physiotherapieschule in Hessisch Lichtenau. 2006 Preisträgerin des bundesweiten Schreibwettbewerbs der Eckenroth-Schreibstiftung. Veröffentlichung in der »Nagelprobe 25«.

Marie Schnell

Falten

Eigentlich sind seine verdrehten Sätze vielleicht lustig. Es ist fast schon lächerlich, wenn jemand anstelle von »Hund« »Katze« sagt. Namen vergisst. Worte sucht, nicht findet und notgedrungen unpassend verwendet. Zusammenhanglos redet. Man könnte meinen, es wäre Absicht, um ein Kleinkind zum Lachen zu bringen. Ja, vielleicht würde sie das lustig finden. Hätte es lustig gefunden, als Außenstehende. Ein paar Jahre vorher.

Ally kickt die Stiefel von den Füßen und hinter ihr fällt die Haustür viel zu langsam ins Schloss. Ein letzter Hauch eiskalter Luft quetscht sich durch den Spalt und Ally tänzelt in Socken um die Pfützen aus geschmolzenem Schnee, der von ihren Sohlen gefallen ist. Mama ist schon in der Wohnung und entschwindet ins Bad, um schnell auf die Toilette zu gehen.

»Hallo!«, ruft Ally und beeilt sich, ins Wohnzimmer zu kommen. Opa sitzt auf dem Sofa und strahlt ihr entgegen, steht sofort auf, als er sie sieht.

»Naa, mein Lieblingsenkelkind? Wie war die Deutscharbeit?« Ein Kuss auf die Wange, er riecht nach einem Menschen, der schon sehr lange auf der Erde ist. Nach Haut, die viele Sommer gebräunt wurde, wie altes Leder, und nach farblosen Haaren, in die der Herbstwind jahrelang seinen Duft nach sterbenden Blättern und Wolken hineingespielt hat. Seine Falten riechen nach Lächeln und Stirnrunzeln, und das riecht am besten, weil es bedeutet, dass Ally ihnen so nahe ist, dass sie hinter seinem Schutzschild aus Geborgenheit steht.

»Heute haben wir doch gar keine Arbeit geschrieben«, erinnert sie ihn und lächelt noch immer, während sie sich wieder aufrichtet und zu Oma geht.

»Komm mit in die Küche, ich hab das Essen fertig«, sagt Oma, den Kuss ihrer Enkelin auf der Wange. Opa fragt angespannt nach, wo sie hinwollten, aber gerade kommt Mama von der Toilette und übernimmt die Erklärung.

»Mutti und Ally gehen nur in die Küche, das Essen holen. Erzähl mal, Vati, wie war dein Tag?«, hört Ally ihre warme Stimme um die Ecken des Flures wehen und sucht in der Schublade nach Besteck, während Oma zwei Teller mit Kartoffeln, Fleisch und Sauerkraut füllt.

»Wie ist es denn heute?«, fragt Ally leise und schaut sie an. Oma hat auch Falten, aber sie riechen seit einiger Zeit nur noch nach Resignation, und um den Mund herum erzählen sie von unausgesprochener, wachsender Bitterkeit. Jeden Tag sind es andere Hürden, die sie für Opa nehmen muss. Andere Zeiten, in die sie ihm folgen und aus denen sie ihn zurückholen muss.

»Och, es geht. Heute Nacht ist er ab drei gewandert. Er hat mir immer wieder Vorwürfe gemacht, dass ich ihm vorenthalten hätte, dass ihr nicht mehr hier wohnt.«

Ally seufzt stumm. Mama und sie sind vor zwölf Jahren ausgezogen und das bedeutet, dass Opas Zeitsprünge größer werden. Sie hat Angst, dass er irgendwann bis in den Krieg zurückreist, ein kleiner Junge, der in Kriegsgefangenschaft von der Familie getrennt, an unbeschreiblichen Sorgen und Hunger litt. So etwas einmal zu erleben reicht, verdammt.

Oma hat es am schwersten, denn sie ist nachts bei ihm und dann erzählt er ihr, dass seine Frau ihm nicht gesagt hätte, wo sie hinginge. Nachts glaubt er ihr nicht, erinnert sich nicht, dass doch sie seine Frau ist. Dann sucht er seine Ursula im ganzen Haus oder sein kleines Enkelkind, das bei ihnen im Bett liegen sollte. Tagsüber ist Ally siebzehn, nachts ist sie fünf oder drei oder sieben.

Eine Minute später tragen die zwei die heißen Teller ins Wohnzimmer und Ally setzt sich auf das Sofa neben den hellwachen Opa, der ihrer Mutter gerade Tipps gibt, wie man am besten mit den schwierigen Eltern von Schülern umgeht.

»Rede einfach in einem ruhigen Ton mit ihnen und zeig ihnen, dass du standhaft bleibst, egal, wie viele Vorwürfe sie dir machen, weil die Noten ihres Kindes ja nur auf die Unfähigkeit der Lehrerin zurückzuführen ist«, sagt er.

Ally lässt ihre Gabel still nach unten sinken. Sie mag nicht auf ihren Teller schauen, weil auf seinem Gesicht gerade eine Würde liegt, die sie nicht verpassen darf. Er ist ganz da. Nie kann man wissen, ob der Anblick wiederkehrt. Schönes ist meist knapp bemessen, aber dadurch gewinnt es unschätzbar an Wert, und alles an Opa ist unschätzbar wertvoll.

Dann schaut er sie an und sie lässt den stummen Ausdruck von Rührung in ihr Inneres sinken. Wird er mit fröhlichen Emotionen konfrontiert, ist er unbeschwerter und so lächelt sie, so schön sie kann. Ganz oft sind Allys Füße kalt, aber das ist nur, weil sie all ihre Wärme ihm schenkt.

»Danke, Vati«, sagt Mama. Mit einem Lächeln. »Du gibst immer so gute Tipps, das macht mir das Elterngespräch viel einfacher.«

»Natürlich, immerhin war Opa ja auch ein verdammt guter Schulleiter!«, bekräftigt Ally.

Opa lächelt mit feuchten Augen und wiegelt bescheiden ab.

Alte Zeiten aufleben lassen, das machen Ally und Mama oft. Damit er in sie eintauchen und erzählen kann. Damit es länger dauert, bis er sie irgendwann vergessen wird.

Damit Ally mehr hat, was sie an ihn als gesunden Mann erinnert, der ihr der beste Opa aller Zeiten war. Dinge, an die sie sich klammern und die sie in ihr Herz werfen kann, wie in einen Kochtopf, damit aus ihnen Wärme und Lächeln entstehen. Ally möchte Kraft sammeln, damit sie ihm nun, da er es allmählich braucht, all das zurückgeben kann, was er ihr jahrelang geschenkt hat. Er hat ihre Kindheit zum Leuchten gebracht, Lichter an ihre Zweige gehängt wie an einen Weihnachtsbaum, hat ihre Füße gewärmt, Kastanien und Muscheln gesammelt, zusammen mit ihr daraus Männchen gebastelt. Ist barfuß durch den Neuschnee gelaufen, hat mit seinen Fußspuren ein Herz hineingezeichnet. Ihre Kindheit war ein stundenlanger Soundtrack aus Geschichten und Märchen und seine Arme waren ihr Zuhause.

Jetzt wird sie ihm ein Zuhause bauen, aus Erklärungen, unermesslicher Geduld, Zuversicht und Erinnerungen. Überall werden Kissen sein, er soll sich an den harten Kanten der Wirklichkeit nicht stoßen. In ihrer Jackentasche hat Ally jetzt immer Seifenblasen. Sie fangen die bunten Farben der Schwerelosigkeit ein, und wenn seine empfindliche Seifenblasenwelt durch spitze Worte zu zerplatzen droht, kann sie versuchen, ihm mit ihrem Atem eine neue zu hauchen.

Oma sitzt auf dem Sofa gegenüber und schaut ihn nicht an. Ally kann ihre Falten bis hier hin riechen, deshalb steht sie auf und setzt sich neben sie. Sie legt die Hand auf ihren Oberschenkel und gibt ihr ein wenig von ihrer Wärme, damit sie sehen kann, wie schön die Sonne von draußen hereinscheint. Sicher ist es schwer, die Liebe für jemanden zu bewahren, wenn derjenige das Leben so viel schwerer und enger macht. Oma darf nur nicht vergessen, dass Opa der Mann war, der mit ihr im Februar fünfzig Jahre ihres gemeinsamen Lebens feierte, mit dem sie die Grenzen Europas sprengte, der ihrer Tochter sein Lächeln vererbte und noch heute jedes seiner Hemden für sie weggeben würde, ohne auch nur eine Sekunde zu zögern. Die Hälfte ihrer Falten riecht nach ihm, die Hälfte stammt von Lachen, das Opa ihr auf das Gesicht gelockt hat.

»Er ist doch immer noch da«, flüstert Ally ganz leise und schaut Oma in die Augen. »Die Schicht aus Unsicherheit, Zerfall und Vergessenheit ist durchsichtig. Wisch sie einfach weg. Du kannst ihn doch noch sehen.«

Oma sitzt ganz starr, aber Ally bemerkt, wie sie zu ihm schaut und ihr Mund sich entspannt.

Omas Glück ist wertvoll und man kann es ihr eigentlich so leicht schenken wie Plätzchen. Morgen wird Ally ein Backbuch kaufen.

»Und, habt ihr heute eine Arbeit geschrieben?«, fragt Opa. Sein Körper ist zerbrechlich, matt hat sich die Zeit über seine Augen gelegt, auch wenn der Glanz in ihnen den Kampf nicht aufgibt. Seine Genialität ist in den Jahren verwelkt und es ist fast unerträglich traurig, dass er einst eine so atemberaubend bunte Blume war.

Aber sein blütenweißer Charakter ist unverändert, seine Liebe für die Krankheit unangreifbar.

»Nein«, sagt Ally und lächelt, fast gar nicht traurig. »Heute nicht.«

Marie Schnell, 1995 in Marburg geboren, ist Schülerin und wohnt in Lenderscheid.

Patrick Schön

In einer Handvoll Staub

Für meinen kleinen Bruder

»Sie müssten es dem Jungen nicht so schwer machen«, sagte ich zu Manuel, »sie müssen nicht unbedingt warten, bis er abfährt.«
Wir saßen in einem sonst leeren Zugabteil und warteten auf die Abfahrt, die sich bereits um Minuten verzögert hatte. Der Junge stand dort auf dem Bahnstieg; er versuchte, sich zusammenzureißen, das war schlimm, mit anzusehen. Aber noch seufzte er nur, doch es wäre nicht wahr zu sagen, dass da noch alles in Ordnung gewesen wäre. Der käsige Junge war mir eben aufgefallen. Als Manuel zu ihm hinsah, reichte ihm seine Mutter ein Taschentuch; er drückte es an seine feuerroten Augen, dann winkten sie wieder dem Mann, den ich etwas beobachtet hatte, als er sich zwei Abteile von unserem eingerichtet hatte. Das Gesicht des Jungen war nun aschfahl, sein weißes Taschentuch flatterte im Wind. Seine Mutter liebkoste ihn und fuhr ihm mit der Hand durch die Haare; gelegentlich küsste sie ihn auch auf die Stirn. Der Bahnhof um sie herum war verdreckt, übersät mit den Überresten der modernen Kultur; sie passten nicht in diese Welt. Der Junge versuchte, sich zusammenzureißen, dies mit anzusehen war schlimm, denn die Tränen liefen ihm schließlich doch über die Wangen. Seine Mutter sagte etwas zu ihm; sie lächelte ihn an, doch es prallte an dem Jungen ab.
»Jetzt starr da nicht immer wieder hin«, mahnte mich Manuel, »das ist wie mit dem nackten Finger auf jemanden zeigen. Man macht das nicht.«
»Es ist doch nichts dabei«, verteidigte ich mich, »ich denk mir nur, dass sie es sich leichter machen würden, wenn sie einfach gehen würden.«
»So einfach geht das nicht«, meinte Manuel, »dem Jungen wird es auch zu Hause nicht so gut gehen. Er wird ihn so oder so vermissen.«

»Mag sein, doch zu Hause bekommt er das nicht so vorgeführt.«

»Vielleicht ja doch. Den leeren Platz am Esstisch wird abends niemand füllen.«

Ich sah zu dem Jungen, der sich Mühe gab, sich zurückzuhalten. Er wusch sich die Tränen aus den Augen und winkte nochmals, seine Mutter tat es ihm nach. Der Mann, dem diese Abschiedsgesten gewidmet waren, saß ruhig auf seinem Platz. Er überkreuzte die Beine und schlug seine Zeitung auf. Er blätterte darin, doch er las nicht wirklich, überflog nur. Derweil musterte sein Junge den Bahnstieg. Er schien den permanenten Blick in den Zug nicht auszuhalten, und dann ertönte ein Signal und der Zugführer machte eine Durchsage: »Aufgrund einer ICE-Überholung verzögert sich unsere Abfahrtszeit um etwa fünf Minuten. Wir bitten, die Verspätung zu entschuldigen.« Ich blickte zu dem Jungen und seiner Mutter, die das offenbar nicht mitbekommen hatten. Der kleine Mann winkte und schnäuzte sich danach die Nase. Er tat mir richtig leid, wie er da stand, in den Armen seiner Mutter, mitten im Wind, während sein Vater im warmen Zug saß und in seiner Zeitung blätterte. Dann sah der Mann auf und der Junge begann sehr energisch zu winken, seine Mutter folgte ihm. Der Vater winkte knapp zurück und legte anschließend die Zeitung zusammen. Er sah aus wie einer dieser vornehmen Herren aus der Stadt; im Anzug mit perfekt sitzendem Haar und glatt rasiertem Kinn. Er nahm seine Brille ab und verstaute sie in der Brusttasche seines weißen Hemds. Er gab sich entsetzlich Mühe, nicht aus dem Fenster zu sehen, während der Junge mit genauso viel Ehrgeiz darauf wartete, dass sein Vater ihn nochmals ansah. Er hatte furchtbar zu weinen angefangen, auch wenn er versuchte, all die Tränen in seinem Taschentuch abzufangen; seine Mutter gab vor nicht zu sehen, dass er weinte. Sie wollte ihn nicht auch noch in seinem Stolz verletzen.

Manuel hatte sich gedanklich abgewandt. Er las etwas in einer Broschüre, die er am Bahnhof mitgenommen hatte, und in mir kam der Gedanke auf, dass ich für ihn ein schlechter Reisegefährte sein könnte, weshalb ich ein Gespräch beginnen wollte, ohne jedoch ein Thema zu haben.

»Was machst du heute noch so?«, fragte ich und er sah auf.
»Vielleicht den Kuhstall ausmisten«, antwortete er, »oder besser gesagt meinem Vater dabei helfen. Ich muss das ja nicht alleine machen.«
»Und danach?« Da sah er mich stirnrunzelnd an und legte die Broschüre zur Seite.
»Nichts danach«, erwiderte er, »ich mach heute Abend nicht mehr weg.«
»Hast du daran gedacht, dich bei Jeanette zu melden?«
Diese Frage verärgerte ihn etwas, er wollte nicht darüber sprechen.
»Wieso?«, fragte er entrüstet.
»Sie findet dich knuffig.«
»Na und? Ich renn doch nicht der Erstbesten hinterher.«
»Davon red ich doch gar nicht. Ich denk mir nur, es würde dir gut tun.«
»Was soll denn das, bitteschön, heißen?«
»Nichts. Ich wollte dich das nur wissen lassen und immerhin ist Jeanette ein anständiges Mädchen. Genau das Richtige für dich.«

Da nahm er wieder die Broschüre zur Hand und ich fragte mich, in was für eine Generation ich hineingeboren worden bin. Ich fand, dass an Jeanette wirklich nichts auszusetzen war, und Manuel hatte, soweit ich davon wusste, nie etwas mit irgendwelchen Mädchen, dabei mochten ihn alle für seine aufgeschlossene und muntere Art. Ich beneidete ihn für sein Ansehen und seinen Ruf.

Ich selbst hatte gerade das mit Celine hinter mir und war gefühlsmäßig noch recht angeschlagen. Ich sah zu dem Jungen auf dem Bahnsteig und dachte mir, dass es ihm bald auch so gehen würde wie mir.

»Jetzt starrst du da schon wieder hin«, fiel Manuel auf, »hast du noch nie einen weinenden Jungen gesehen?«

Ich antwortete ihm nicht darauf. Der Junge tat mir leid. Es tat mir leid, dass er weinen musste und dass er noch viel jünger war und dennoch die selbe Generation erdulden musste.

»Es ist nicht dein Bruder«, sagte er schließlich in einem schon fast flüsterndem Ton, und mir fiel ein, dass ich ihm davon erzählt hatte, »du musst dir nichts vorwerfen.«

»Vielleicht wär's ihm einfacher gefallen, wenn ich dabei gewesen wäre.«
»Vielleicht hätte das den Abschied nur noch schlimmer gemacht. Wenn er in die Klinik muss, dann muss er da hin.«
»Aber ich hätte dabei sein sollen. So muss er denken, er bedeutet mir nichts.« Ich sah durch den Zug, dann aus dem Fenster auf den Jungen, der nun nicht mehr weinte und mit roten Augen nach dem Mann sah.
»Abschied nehmen muss jeder mal«, meinte Manuel derweil, »irgendwann muss jeder mal da durch. Da ist nichts Besonderes dran.«
»Ist wie sterben«, gab ich zurück, »wird er schon sehen.«
Dann setzte sich der Zug langsam in Bewegung und der Junge und seine Mutter begangen sehr fanatisch zu winken; der Kleine verteilte sogar wild Handküsse. Der Mann im Zug sah nur einmal kurz auf und erwiderte die Abschiedsgesten nur mit einem simplen Nicken. Da war ich schon fast stolz auf den Jungen, dass er dennoch nicht wieder zu weinen anfing.
»Abschied nehmen ist wie sterben«, murmelte ich leise, »es gibt doch gar keinen Unterschied, aber ich hätte wirklich dabei sein sollen.«
»Was sagst du?«
Ich hatte sehr leise gesprochen, fast nur zu mir selbst.
»Nichts. Wirklich nichts.«

Patrick-Schön, 1993 in Lindenfels geboren, besucht die 13. Klasse der Geschwister-Scholl-Schule in Bensheim. Seit er elf ist, schreibt er Kurzgeschichten und längere Texte. 3. Platz beim Duisburger Jugendautorenwettbewerb mit dem Bühnenstück »Autofahrt an die Himmelstür«; Veröffentlichung in der »Nagelprobe 29« (2012).

Julie Sophia Schöttner

Das Ende oder so

Das war's dann also. Drei Jahre Beziehung und alles, was bleibt, ist dieser Moment, in dem ich in seinem Hausflur stehe und ihn anschreie. Dieser Moment, in dem er aufhört, gegen mich anzuschreien. Sich in den Rahmen der Küchentür lehnt. Die Arme verschränkt. Ich beobachte das und mein Schreien wird leise. Das war's, merke ich. Das führt zu nichts mehr. Stumpfe Erkenntnis ist alles, was bleibt. Drei Jahre Beziehung enden mit dieser Kälte in seinen Augen.
»Das war es, oder?«, frage ich leise.
Sein Blick ist so eiskalt, es tut richtig weh. »Scheint so«, sagt er trocken. Ich schlucke und murmele zustimmend: »Mhm, okay.«
Ich will jetzt eigentlich, dass er mich in den Arm nimmt und alles rückgängig macht, aber das macht er nicht. Also schlüpfe ich in meine Stiefel und wickle mir hastig den Schal um den Hals. Ziehe mir ungelenk den Mantel über. Kein glorreicher Abgang, das hier war niemals Hollywood.
»Ich meld mich bei dir oder so«, sage ich.
Er weiß, dass ich es nicht machen werde. »Klar«, sagt er. Er weiß, dass ich weiß, dass er es weiß. Wir wissen beide Bescheid. Es ist vorbei.
Ich riskiere einen letzten kurzen Blick in seine Augen, aber er starrt auf den Fußboden, die Lippen aufeinander gepresst. Tür auf, resigniert hinaus ins Treppenhaus, Tür zu. Treppe runter, jeder Schritt hallt laut. Ich will nichts hören. MP3-Player raus, Kopfhörer auf, Beschallung. Meine Schritte versinken in hässlichen Beats. Ich will nichts hören. MP3-Player aus.
Ich weiß gar nicht genau, wohin ich laufe. Ich will zurück. Mir ist so kalt. Ich laufe durch irgendwelche Straßen und gehe in der alltäglichen Großstadthektik unter. Ich sehe nichts, höre nichts, fühle nichts, alles verschmilzt zu einem zähen, dichten Grau, das alles schluckt.
Ich stolpere über einen Obdachlosen. Er grunzt mir nach. Ich laufe weiter.

Als wir zusammen unterwegs waren, hielt er mich an der einen Hand, mit der anderen fischte er sein Kleingeld aus der Hosentasche und warf es mit einer lässigen Bewegung in den Pennerhut. Ich machte das nie, kam mir so anmaßend vor. Bei ihm sah es unheimlich gut aus. Einmal warf er einen ganzen Fünfer hinein. »Übertreib«, murrte ich. »Wenn wir auf Weltreise gehen, dann sitzen wir an irgendwelchen Straßenecken auch mal so rum! Und warten dann auf Menschen wie mich, die uns mit Geld bewerfen!« Ihm entging mein kritischer Blick nicht. »Das sind Penner«, klärte ich ihn auf. »Ja und?«, fragte er. Ich nickte in Richtung der runtergekommenen Bar, an der wir vorbeiliefen. Es roch nach Bier und Abschaum. »Die kaufen sich von deinen Almosen kein Flugticket nach New York.« Er seufzte laut und ahnte nicht, wie göttlich ich ihn wirklich fand.

Gleich fang ich an zu heulen, bitte nicht. Ich wühle in meiner Manteltasche nach meinem Handy, finde es, tippe darauf herum, um mich abzulenken. Habe eine SMS von meiner besten Freundin empfangen, sie ist gerade im Urlaub. Antworte ihr. Heeey Liebes. Hihi, schön, dass der Abend gut war, haha was, süße Italiener kennengelernt? Jaja das Leben ist kurz, YOLO und so, genieß es in vollen Zügen, Süße, hihi. Jaja, hier ist alles bestens, nur das Wetter ist eher mau und du fehlst natürlich. Hihi haha. Zwinker. Hihi.

Ich hasse mich.

Ich setze mich in die U-Bahn nach Hause. Heute will ich nichts mehr außer mein Bett. Und Schokolade. Oder Kotzen, viel und lange, bis alles draußen ist, was jemals da war. In der U-Bahn stinkt es nach Menschen. Ich setze mich neben eine alte Frau, die mich misstrauisch aus dem Augenwinkel beäugt. Station kommt, Oma steigt aus, Kerl steigt ein. Kerl sieht freien Platz neben mir, Kerl setzt sich. Kerl beäugt mich. Och, hört doch alle auf. Kerl spricht mich an. »Hi«, sagt Kerl. »Hi«, sage ich genervt. »Alles klar?«, fragt Kerl. »Wie sieht's denn aus?«, frage ich. Kerl mustert mich lange. »Nicht so?«, sagt Kerl herrlich dumm. Ich grinse böse. Kerl fragt: »Vielleicht kann ich das ja ändern?« Ich lache laut los. Grinse seltsam schief und traurig. Sage: »Ich bin nicht Single.« Bin ich wohl. Will ich aber nicht sein, noch nicht jetzt

zumindest. »Ach so«, sagt Kerl etwas reservierter. Ich nicke. Kerl sagt: »Okay, dann nicht.« Ich nicke. Station kommt, Kerl bleibt sitzen, ich steige aus. Aus dem Augenwinkel sehe ich, dass sich irgendein junges Ding neben Kerl setzt und von ihm bequatscht wird. Na dann, haut rein.
Von der U-Bahnstation zu mir nach Hause ist es nicht weit. Die letzten Meter laufe ich sehr langsam. Betrete langsam den Hausflur. Langsam die Treppe hoch. Gestern hat er mich noch die Stufen hochgetragen. »Wir üben schon mal für später!«, hat er gelacht. »Als ob ich einen wie dich heiraten würde!«, hab ich gelacht. Da hat er aufgehört zu lachen.
Ich schließe langsam meine Wohnungstür auf. Lasse sie langsam hinter mir zufallen. Mein Handy vibriert, ich erwarte einen Wortschwall aus Verzeihung und Vermissung und Verliebung, stattdessen kommt mir Kotze hoch.
»Ich bring dir morgen dein Zeug vorbei und hol mir meins ab, okay?«
Ich kotze. Dann antworte ich ihm.
»Okay.«
In eine zerknitterte Aldi-Tüte packe ich sein Zeug. Seinen Pullover, den er mir hier gelassen hat, damit was nach ihm riecht, wenn er nicht da ist. Ebenso ein paar T-Shirts. Seine Zahnbürste. Sein Duschgel. Seine Sojamilchration, von der wir noch unsere Urenkel hätten ernähren können. »Probier doch mal, schmeckt viel besser!« Ich hab immer abgewinkt. »Nur weil du damit kompensierst, dass du jeden zweiten Tag Kalbsteaks frisst!« Da war er beleidigt. Das Buch, das er mir da gelassen hat. »Musst du mal lesen, ist mein Lieblingsautor!« Ich hab genickt und es in mein Regal gestellt. Da steht es bis heute, eine leichte Staubschicht auf dem Buchdeckel. Ich werf es in die Aldi-Tüte. Auf dem Regal steht außerdem ein gerahmtes Foto von uns. In die Tüte. Der Gute-Nacht-Brief auf meinem Nachttisch. In die Tüte. Ich heule und schmeiße alles rein. Allmählich sieht es so aus, als wäre er nie da gewesen. Das Einzige, was noch da ist, ist die angebrochene Flasche Tequila, die wir Silvester zusammen angefangen hatten. Die trinke ich jetzt allein, stoße auf meine Beziehungsunfähigkeit an und drei Jahre, die vorbei sind. Irgendwann bin ich so richtig besoffen und schlafe ein.

Nächster Morgen, der Tag, an dem schon von Anfang an alles vorbei ist. Es klingelt an meiner Tür. Ich verstehe gar nichts. Es klingelt wieder. Mein Kopf schmerzt, als ich aufstehe. Ich gehe zur Tür, öffne sie, steht er da. »Hey«, sagt er. Seine Augen mustern mich von oben bis unten und erkennen meinen elendigen Zustand. »Oh, warste noch feiern gestern?«, fragt er. Ich schüttele nüchtern den Kopf und trete zur Seite, um ihn rein zu lassen. Da ist noch die Kotze von gestern auf dem Boden. Oh, voll vergessen. Er rümpft die Nase. »Und du warst wirklich nicht feiern?« Ich höre, dass er verletzt ist. Und verärgert. Und auch ein bisschen besorgt. Was hätte ich bitte zu feiern, verdammte Scheiße. Und schon aus Prinzip antworte ich: »Naja, doch. Habs wohl ein bisschen übertrieben ...« Seine Augen werden wieder kalt. »Ja ... okay. Also hier ist dein Zeug.« Richtig klischeehaft im Schuhkarton. Ich hab schlagartig wieder das Bedürfnis, mich zu übergeben. Schuhkarton wird gegen Aldi-Tüte eingetauscht.

»Okay, vielleicht reden wir ja irgendwann noch mal«, sagt er zögerlich. Ich nicke ernst. »Tut uns bestimmt gut, der Abstand.« Er nickt auch. »Es hat einfach nicht mehr gepasst.«, sagt er. Ich nicke. »Ist für uns beide besser so.« Er nickt und sagt: »Tja ... dann mach's gut.« Ich praktiziere so was wie ein Lächeln. »Mach's gut.« Tür fällt ins Schloss. Als wäre er nie da gewesen. Neustart oder so. Ich mache mich daran, den Flur zu putzen. Das war's dann also. Alles auf Anfang, wir machen alles rückgängig. Versuchen es zumindest.

Julie Sophia Schöttner, 1995 in Gießen geboren, besucht die 11. Klasse des Weidig-Gymnasium in Butzbach. Veröffentlichungen in den »Gesammelten Werken« des OVAG-Jugendliteraturpreises 2011 und 2012.

Anna-Katharina Stauffenberg

Kirmes

I ko ta tamm	Ich gehe ins Festzelt
BLA BLA LA	Die Leute reden und singen
rum-dum-dum	Es wird Walzer getanzt
I glu rabäh!	Ich trinke warme Cola – eklig
He! Candado frindaki	Meine Freunde rufen mich
Zirka dada ho	Sie wollen mit mir Karussell fahren
Huija fasto fasto ah!	Es dreht sich immer schneller
I KA DISSI ULALLA	Mir wird schwindelig
Njam-jam holla	Ich habe Hunger
Kräpoh jummah	Ich esse einen Crêpe
Olfaka ta	Er riecht sehr gut
Blubba guda	Ich bin satt
Tsche-de-retsche	Es ist Zeit
Mi kamta frinda	Wir gehen zu einer Freundin
Tschango klamo wih	Dort ziehen wir uns um
Umda diktasa	Abends gehen wir zur Kirmesdisko

Anna-Katharina Stauffenberg, 1994 in Bad Hersfeld geboren, ist Schülern am Philipp-Melanchthon-Gymnasium in Gerstungen.

Anne Völker

Das Scheißerchen

41 ... 42 ... 43, Absatz. Ich bleibe kurz stehen. Stütze mich auf dem Geländer ab und schnaufe. Jetzt noch zwölf Stufen un ein Absatz, dann bin ich endlich da. Ich atme tief ein und will meine alltägliche Last weiter hinter mich bringen, als mir ein unangenehmer Geruch in die Nase kommt. Uhh, hat das Scheißerchen wieder seine Knötchen verteilt? Man sollte das Tier einsperren, dass so etwas überhaupt erlaubt wird. Ich habe ja gehört, dass die Schreibers drüben im Eckhaus die Tierhaltung verbieten. Richtig so! Denke ich mir und recke den Zeigefinger demonstrativ in die Höhe. Dann nehme ich die 44. Stufe und die 45. ... 46 ... 47 ... Dann fällt eine Tür ins Schloss. Erschrocken drehe ich mich um. Frau Meier ist es, meine Untermieterin.

»Hören Sie, so kann das nicht weitergehen. Sie können ihr Scheißerchen nicht in den Flur kacken lassen. Dass verpestet ja die ganze Luft!«, sage ich und halte mir extra noch die Nase zu.

Doch Frau Meier schaut nur leicht genervt wie immer und sagt: »Wie oft soll ich Ihnen das eigentlich noch sagen? Das ist nicht mein Kater und nennen Sie ihn nicht immer ›Scheißerchen‹.«

»Sie haben gut reden! Bei Ihnen hat sich ja auch mit der Zeit die Nase an den schlimmen Geruch gewöhnt, doch ich muss damit klar kommen.«

Daraufhin verdreht sie nur die Augen und meint: »Haben Sie schon mal daran gedacht, dass es Ihr Buchsbäumchen sein könnte, das so stinkt?«

Auf dem Treppenabsatz vor dem Fenster steht dekorativ mein Buchsbäumchen. Damit wollte ich eigentlich etwas Freundlichkeit und Farbe in den grauen Flur bringen, doch jetzt meint die Trulla unter mir, die es noch nicht einmal schafft, ihren eigenen Müll vernünftig zu sortieren, ich sei an dem Gestank schuld.

»Nein, denn Buchsbäumchen stinken nicht! Einen schönen Tag noch«, und leise hänge ich noch: »In Ihrem Stinkloch« dran.

In meiner Würde gekränkt, steige ich die Stufen doppelt so schnell hoch wie sonst und lenke mich den ganzen Abend mit Fernsehschauen ab. Doch weil ich eben ein Sturkopf bin, was ich aber nie zugeben würde, will ich natürlich auch wissen, wer von uns beiden recht hat. Deshalb krame ich das große, verstaubte Pflanzenbuch von meiner Mutter – einer Blumenfanatikerin – hervor und lese nach. Am Ende bin ich sprachlos und kann es nicht glauben, weshalb ich den Text gleich noch einmal lese. Und tatsächlich, Frau Meier hat recht, Buchsbäumchen stinken wirklich. Doch das will ich dem Buch erst nicht glauben und schlafe deshalb noch eine Nacht drüber. In der Hoffnung, ich hätte mich verlesen oder die falsche Seite aufgeschlagen. Aber meine Hoffnung ist vergebens und ich muss Frau Meier wohl oder übel ihr Recht aussprechen.

Den ganzen Tag versuche ich, mir eine gute, aber nicht zu übertrieben nette Entschuldigung zu überlegen. Schließlich soll sie nicht denken, sie sei jetzt etwas Besseres als ich und außerdem habe ich auch meine Würde.

So schwer kann das doch nicht sein, denke ich mir, doch als ich ihr am Abend im Treppenflur begegne, will ich am liebsten schnell an ihr vorbeihuschen, als wäre nichts gewesen. Aber so einfach geht das wohl doch nicht, denn sie muss mich unbedingt ansprechen: »Herr Karken, gut dass ich Sie antreffe. Könnten Sie nächste Woche den Kehrdienst für mich übernehmen? Ich fahre nämlich auf Geschäftsreise, weshalb ich es nicht selbst machen kann.«

Puhh, noch einmal Glück gehabt, denke ich und nicke.

Sie ist schon vier Stufen hinuntergegangen, als ich mich endlich zusammenreiße und sage: »Frau Meier? Ich muss mich ... dann wohl doch ... irgendwie ... bei Ihnen entschuldigen. Sie hatten recht, Buchsbäumchen stinken wirklich.«

»Das ist aber nett, dass Sie es einsehen«, sagt sie und kommt extra noch zu mir hochgelaufen. »Wollen wir uns nicht duzen? Ich meine, ich wohne jetzt schon seit fünf Jahren hier.«

»Da haben Sie recht«, sage ich und freue mich richtig. »Schön, ich bin die Karin und Sie?«, sagt sie und hält mir ihre Hand hin. Ich will gerade ihre Hand schütteln und ihr auch meinen Vornamen verraten, als wir ein komisches Geräusch hören. Wir schauen in die Richtung, aus der es kommt, und ich sehe, wie Karins blöder Kater mein Buchsbäumchen anpieselt.

Anne Völker, 1996 in Alsfeld geboren, besucht die 10. Gymnasialklasse der Christophorusschule Oberurff.

Nicole von Horst

Zimmerküchebett

Ich bin nicht weggegangen. Ich habe in seinem Bett geschlafen. Ich habe in einem Bett geschlafen. Mit Laken und Daunen und Decken. Er nebenan, er innendrin, er schläft noch. Er schnarcht. Er grunzt nicht mehr dabei, das ist gut. Er hat die Heizung an, auch das ist gut. Weil er keinen Schlafanzug für mich gehabt habe. Weil er aus dem Vorschlag, dass ich doch Pulli und Strumpfhose ausziehen könne, warme Handbewegungen gemacht hat, unter der Decke. Weil ich sonst jetzt fröre.
Ich bin nicht weggegangen, sondern liegen geblieben. Blieb liegen, bis das Nachbardach Farbe bekam, ich blieb auf meinen Deckenrändern liegen, klemmte sie mir unter den Po, da war noch kein Unterschied zwischen Dach und den Dingen um seinen Rand herum. Ich blieb liegen und schlief nicht sitzend. Ich schlief trotzdem.

Er hatte sich gefreut, als er mich erkannt hatte, die Haare anders, aber ja, an das Blond aus der zweiten Reihe erinnere er sich gut. Was ich denn so mache, jetzt. Setzte sich zu einem Lukas, oder hieß er Jonas, und mir, Programmheft in der Brusttasche, atmete mir Korrekturen an das Podium ins Ohr. Nach dem Schlussapplaus sah dieser Lukas oder Jonas auf sein Handy und verabschiedete sich; offenbar war ich besetzt. Und zu müde, ihn zu halten. Ich war fast eifersüchtig, weil lieber ich weggegangen wäre, einmal im Kreis um das Casino und dann zurück an den Bibliothekstisch, das Soziologiebuch zurück darauf und darauf dann den Kopf. Dieser Lukas oder Jonas hatte mich angestupst, als ich mich da gerade schlafen gelegt hatte. Ob ich in der Jura-Bib nicht falsch sei, ob ich nicht Lust hätte, ihn zu begleiten, da sei eine Diskussionsveranstaltung. Ob ich nicht und ich ging mit.
Der andere stellte Fragen wie früher, ich beantwortete sie wie früher, er lachte so anders als früher. Bei Wein am

Stehtisch hieß er Dieter, weil ich ihn so nennen sollte. Ich rutschte nicht aus dem Sie heraus, doch seinen Vornamen malte ich ein paar Mal mit dem Mund. Dann war mir schwankwarm und mir fiel das Du von der Zunge. Du Dieter, ich habe heute noch nichts gegessen, willst du mich nicht einladen. Er lachte, als machte ich einen Scherz, er bestellte ein Taxi, bestellte wieder Wein, bestellte das Feld, auf dem er exerzierte, im Gespräch. Dieter steckte den Weg ab; erst die alten Pfade, chronologisch richtig: 7. Klasse Sozialkunde, 9. Klasse Französisch, 12. Klasse Politik & Wirtschaft, die eine AG, das andere Fest, Chor & Co. Die Abiturverleihung, was für ein Kleid ich getragen hatte, wer die Rede hielt, was für ein wichtiger Moment, nicht wahr. Dann die Gegenwart, was macht denn hm und was macht denn hm-hm, sag, hast du eigentlich einen Freund. Ich aß und kaute und biss und zögerte. Mit Soßenmund: Wir haben uns getrennt, er ist ausgezogen, vor vier Monaten. Mit Muskatzunge: Ich weiß nicht, wo er jetzt ist. Mit Lammzähnen: Ich verstehe nicht, wieso. Dieter nickte.

Der Kellner hielt die Flasche am Bodenrund, schenkte mit dem einen Arm nach. Dieter lenkte ab in Richtung Sarrazin und Sarkozy. Ich übte mein Aufrecht (Rücken durchgedrückt und trotzdem den Kopf nach unten geneigt), fasste Zeitungsschlagzeilenwissen zusammen und hatte nicht wirklich eine Meinung.

Statt einer Zigarettenzeit nahm ich meine Pause auf dem Klo, sagte den furchtbaren Frischmachen-Satz, zu Recht. Ich war müde mit Nackenschmerzen und heiß im Gesicht, ich kühlte die Stirn an den Kacheln.

Vor ein paar Tagen bin ich die Zeil rauf- und runterspaziert, den Anlagenring langgegangen. War fast nett, so an Kaninchendynastien und schlafenden Trinkern vorbei. Betten boten sich an aus Blattwerk. Unter nassen Matratzenschichten waren bald Igel zu erwarten, die Schlafpätze für sie bereits inseriert. Ich dachte, schade, dass die Stadt so klein ist, wie viel Mal muss man hier im Kreis laufen, um die Nacht vollzukriegen? Bis man einkehren kann im McDonald's unter der Hauptwache, die Stiefel von den Füßen ziehen und diese in Schneidersitzverrenkung klemmen. Manchmal liegt da immerhin noch was auf einem Tablett, und niemand hat davon abgebissen.

Dass ich den Tag davor so getan hatte, als hätte ich meinen Zug verpasst, als würde ich nachts am Hauptbahnhof Uni-Texte lesen, um nicht verscheucht zu werden, mit, bitte, welcher Konzentration. Kein ruhiger Fleck, zu meinem Glück. Und zu unruhig, als die Workforce in die Stadt pendelte; Zeit, in die Zentralbücherei umzuziehen. Im Untergeschoss schlief ich mit Alibi-Buch alibi-aufgeschlagen im Arm ein. Später Uni. Ununterbrochen unbequem.

Ich nahm die Stirn von den Fliesen, faltete das Klopapier zusammen, steckte mir einen weißen Vorrat in die Manteltasche und ging zurück. Auf Dieters Halbglatze schimmerte die Tafelkerzenflamme, er nahm meine Gabelhand. Altersflecken und er hatte nicht aufgegessen. Ich konzentrierte mich und zählte die Härchen auf seinem Handrücken. So 17. Von meiner Hand in seiner war es nicht weit zu Ich habe mich ausgesperrt, kann ich die Nacht vielleicht auf deinem Sofa verbringen, das wäre wirklich sehr nett. Er legte seine andere Hand dazu. Ich zählte nicht mehr. Sicherheitsfrage kein Captcha wie xgr04 sondern Wie geht es eigentlich deiner Partnerin? Ich wusste, dass sie nicht zusammen wohnten, ich musste sie in seiner Erinnerung wissen, er empfahl das Theaterstück, das sie beide zuletzt gesehen hatten.

Ich bin da geblieben. Ich bin da. Hier hat Dieter ZimmerKücheBad TischStuhlBett GlasTellerKissen. Hier saßen wir und aßen wir wieder und ich musste nicht bezahlen. Hier bin ich und ich bin zwischen Decke und Kissen in Weiß, liege, links davon ein alter Mann, der schnarcht und fast wieder grunzt.

Er hat das Sofa nicht bezogen, er hat eingeladen, darauf Platz zu nehmen, aber nicht zum Schlafen. Weiterer Wein auf dem Wohnzimmertisch, runtergebrannter Stumpen, aber keine Musik. Gottlob. Was wir redeten, war was weiß ich. Ich hatte Krümel in Augenspitzen, er holte Kekse. Meine Tasche unterm Garderobenständer, darin Bürste und Zahnpasta, Poncho als Decke, Probefläschchen Duschgel, Papier und Pfefferspray. Seine Lederjacke am Haken. Mein Mantel auf der Sofalehne. Ich kippte an seine Schulter. Ich nickte ein.

Dreht sich ein Kreisel durchs Haar, hängt man schwer am Kronleuchter wie im Arm, Kaninchenschwarm, darin und drunter, getragen und man muss nie weg. Liegen. Er fuhr mir durchs Haar, da war ich also in seinem Bett, er zog die Decke über mich, zog sich um, Pyjama, schwarz, ich blieb liegen. Deckenrauschen, als er sich drunterhob. Ohne Brille sind seine Augen klein. Ich sah ihn an, bis er das Licht löschte. Ob ich mich nicht ausziehen wolle. Na, das sei doch viel zu warm, viel zu unbequem so. Dass ich warten solle, er hälfe mir. Dass er sich extra die Hände mit heißem Wasser gewaschen habe, mich nicht mit Eisfingern erschrecken wolle. Wie ein Arzt, der sein Stethoskop vorwärmt. Er legte mir die Hand auf den Brustkorb, unters Unterhemd. Ich wartete ab und atmete. Er zog es hoch, ich zögerte. Das war nicht das erste Mal. Wenn verschwinden nicht gelingt, mindestens den Bauch einziehen. Und Dankbarkeit in Dienstleistungen. Früher tippte wer auf die eigne Wange und sagte Ich schenk dir den Schaumkuss, wenn du mir ein Küsschen gibst. Jetzt für eine Schlafstatt mit einem schlafen. Haha. Aber.

Ich bin kurz weggegangen, er schnarchte da schon, im Dunkeln Suche nach dem Bad. Kein Knarzboden, kein Patschboden, kein Räuspern, allein Boilergluckern. Er hatte unser Geschirr aufgeräumt, als ich schlief, jetzt konnte ich nicht schlafen. Den Alibert inspiziert und Aspirin in die Hand genommen, für die Tasche. Kämmte mein Haar mit etwas, in dem nicht seine Haare steckten. Wartete ab und atmete: Ich hatte Nein gesagt. Ich hatte Nein gesagt und er Ja. Ja, na gut, in Ordnung. Ich hatte nein gesagt und es war leicht. Nein.

Ich bin nicht weggegangen, als er mir die Wohnungskündigung auf den Brötchenteller legte, sie sei aus meinem Mantel gefallen, als er ihn aufgehängt habe, ich bin nicht weggegangen, als er sagte, wir kriegen das schon wieder hin, dein Freund muss dafür doch auch einstehen, das haben schon ganz andere geschafft, ich helf dir gern. Er sagte nicht Du kannst auch hier wohnen bleiben, sagte nicht Alles wird wieder gut, aber er bezog mir das Sofa und rief seinen Anwalt an.

Nicole von Horst, 1987 in Aalen geboren, studiert seit 2009 Kreatives Schreiben und Kulturjournalismus in Hildesheim. Teilnahme am Schreibzimmer 2007 mit Peter Kurzeck, open writing 2008 mit Markus Orths und open writing 2010 mit Thomas von Steinaecker. Mitglied im sexyunderground des Literaturhauses Frankfurt. Veröffentlichungen u. a. in »fünfundzwanzig« (Edition Pœmaedchenmannschaft.net). Mitinitiatorin von #aufschrei und feminist by <3.

Elisa Wächtershäuser

Wer wir waren

Sie schlafe auf der Asche der Toten, sagt Suna zu mir, das sei ein weiches Bett. Vielleicht hat sie recht. Ich habe Kleidungsfetzen in der Asche gefunden. Knöpfe, Schmuck, verkohlte Schuhsohlen. Ich siebte die Dinge mit den Fingern heraus, die grauen Flocken wirbelten um mich herum und verfingen sich in meinem Haar. Alles, was ich fand, brachte ich hinter das Haus und schichtete Trümmersteine darüber, damit Suna die Sachen nicht findet.

Suna mag die Nächte nicht. Sie sagt, die Dunkelheit sei kalt und unbarmherzig. Sie sagt, nachts bleibe zu viel Zeit für schlechte Träume. Ich habe keine Träume mehr. Nachts trocknet der Schweiß und reibt nicht in den Wunden. Nachts ist der Himmel blank und klar und im kühlen Licht der Sterne kann ich Suna und das Kind sehen, die neben mir schlafen. Dann atme ich tief in die Stille hinein und ich weiß, dass man uns nachts nicht finden kann.

Die Tage sind wie Sandkörner, die der Wind zerstäubt. Ich kann sie nicht zählen. Sie fallen hintereinander in einem wiederkehrenden Muster, in dem wir uns langsam verlieren. Suna füttert das Baby und weint, sie zwingt mich, zu essen und zu trinken, und ich merke nur daran, dass Suna immer dünner wird, wie die Zeit vergeht. Vielleicht werden die Tage kälter. Suna sagt, die Decken würden sie nachts nicht mehr wärmen.

Gestern war ein guter Tag. Morgens, als ich schon lange wach lag und Suna gerade aufgestanden war, kam sie zu mir, breitete ihre Decke über uns beide und schmiegte ihren warmen Körper an meinen. Ich sah sie an, legte eine Hand an ihre Wange. Ihr Gesicht ist schmal geworden, unter der dünnen Haut tastete ich den knöchernen Rand ihrer Augenhöhle. Irgendwann schloss Suna die Augen.

Suna, sagte ich leise, Suna, warum bleibst du bei mir? Hier ist nichts mehr. Wirst du gehen, wenn ich dich darum bitte?
Ihr Haar roch nach Rauch, in den Strähnen flockte die Asche.
Suna, denkst du noch an früher? Ich vermisse den Duft deiner Seife, wie du den Schaum in deine Haare knetest. Denkst du manchmal daran, Suna, erinnerst du dich? Weißt du noch, wer wir waren? Suna, sag es mir.
Suna, schlafend neben mir, atmete ruhig.

Als sie heute fortgegangen ist, bin ich nach draußen gekrochen. Zum ersten Mal spürte ich den Wind, von dem Suna seit Tagen spricht. Er rieb den Dreck von den Straßen, zog Rinnen in den feinen Staub. Handbreit über dem Boden wirbelte er die Partikel ineinander, es war, als kröchen Nebelfetzen über den Asphalt.

Als es Mittag wird, sitze ich immer noch draußen. An meinem Rücken scheuert die raue Wand über mein Hemd, der Wind hat den Schweiß getrocknet, meine Haut fühlt sich kühler an, sie schuppt an den Armen. Ich kann ohne Schmerzen atmen. Das Kind sitzt auf meinem Schoß. Ich versuche, es nicht anzusehen. Seine Augen wirken zu groß für das kleine Gesicht, sie liegen tief in den Höhlen, als hätte jemand blanke schwarze Spiegel zwischen den Wimpernkränzen eingesetzt. Das Kind bewegt sich kaum. Ab und zu zappelt es mit den dünnen, faltigen Armen. Anfangs hat das Kind oft geschrien, bis es dann später nur noch leise geweint hat, mit einer hohen, dünnen Stimme, die in meinem Kopf schmerzte, selbst wenn ich die Hände auf die Ohrmuscheln presste. Jetzt weint es nicht mehr. Das Kind liegt warm auf meinen Knien und atmet.

In meiner Erinnerung ist alles blass. Wie ausgewaschen, verschleiert, wie wenn man durch Schlieren auf der Fensterscheibe schaut. Blassbunt. Jetzt ist die Welt seltsam farblos. Irgendwo hinter den Wandgerippen vermischt sich die Stadt mit dem Horizont, die Luft verfließt mit dem Staub auf der Straße, im Schmelzen sind die Farben grau erstarrt. Hitze und Kälte zeichnen die Marmorierung der Tage, abends dunkeln Himmel und Erde gemeinsam nach.

Früher schmeckte ich in der Morgenluft die Wetterlage des Tages. Jetzt ist mein Mund trocken, die Lippen sind rau, ich taste mit der Zunge ihre Furchen nach, das rissige Profil, zupfe die Hautfetzen in dünnen Schichten mit den Fingerspitzen ab. Mein Blut klebt mir in der Kehle, als ich schlucke.

Noch glüht der Sommer die Tage aus. In den Nächten fühlen wir bereits den Winter. Als die Mittagshitze langsam abblasst, ist Suna noch immer nicht zurück. Ich wünschte, sie wäre fort gegangen. Das Kind wird unruhig, es hat Hunger, Durst, es wimmert leise, ich schaukele es auf dem Arm, summe eines der Lieder, die Suna so oft für es gesungen hat.

Als ich sie sehe, möchte ich weinen. Möchte aufstehen, ihr entgegenlaufen, sie auffangen, umfassen, festhalten, aber ich kann nicht. Ich sehe ihren wankenden Gang, den stolpernden Rhythmus ihrer Schritte, ihre blutigen Hände. Die Flecken auf ihrem Hals, ihrem Gesicht, ihren nackten Armen, dunkelblau, grauschwarz. Ihr blasser Frauenkörper in dem zerrissenen Kleid.

Suna, sage ich, flüsternd. Ihr Name wie Sand auf meiner Zunge.

Lass mich, sagt sie, lass mich.

Sie nimmt mir das Kind aus dem Arm, presst es an sich, so fest, dass es anfängt zu weinen. Tränen haben unregelmäßige Muster in den Schmutz auf ihren Wangen gezeichnet. Spuren wie von Würmern.

Ich weiß, bald wird kein Platz mehr für Gedanken sein. Die Leere nimmt täglich zu und unsere Vergangenheit entgleitet mir mehr und mehr. Suna weint. Ich kann mich noch erinnern, wie wir früher lebten. Was wir taten. Vieles habe ich vergessen. Wer wir waren. Welches Gefühl unsere Stunden füllte. Jetzt ist da Leere. Essen gegen den Hunger, langsam kauen, trinken, weil sonst das Schlucken zu sehr schmerzt. Suna spüren, die noch da ist. Kraft zum Atmen sparen.

Die Steine, an die ich meinen Körper lehne, haben ihre Sonnenwärme abgegeben, ich friere. Suna neben mir starrt auf die spitzen Schatten, die die scharfkantige Silhouette der Stadt wirft, in der wir einmal gelebt haben. Jetzt lebt hier nichts mehr. Wir sind noch da. Der Abend flammt den Himmel rot, in Schlieren die sich ineinander wischen. Wie Blut, sage ich. So, sagt Suna, würde ich die Liebe malen. Um uns herum ertrinken die Schatten in verdunkelndem Licht.

In dieser Nacht, als Suna schläft, denke ich darüber nach, zu ihr hinüberzukriechen, ihre Decke zurückzuschlagen und das Baby aus ihrem Arm zu nehmen. Suna ist erschöpft, ihr Atem ist ein leises Geräusch in der Dunkelheit, im Gleichtakt mit meinem eigenen. Es würde einfach sein. Ich würde das Baby an meine Brust drücken und auf dem Arm wiegen, es würde gähnen mit seinen feuchten zarten Lippen, ich würde es in mein Hemd wickelt, damit es nicht friert. Eine Weile würde ich dem pfeifenden Ton seiner Atmung lauschen, dann eine Hand über sein kleines Gesicht legen und warten. Es würde so einfach sein.

Ich schlafe in den Träumen von damals. Suna hat gesagt, dass ich nicht sterben werde. Sie hat eines ihrer Kleider zerrissen und um die Wunden gewickelt und irgendwann war der Schmerz fort. Es gibt Tage, an denen merke ich fast gar nichts. Manchmal verursacht der Geruch mir Übelkeit. Suna sagt, dass ich leben werde. Dass wir nur warten müssen, durchhalten. Suna glaubt nicht an verlorene Orte, an entlebte Städte. Suna glaubt mir nicht.

Ich weiß, dass der Tod immer nachts kommt. In den Nächten warte ich.

Elisa Wächtershäuser, 1992 in Butzbach geboren, studiert seit 2009 Medizin in Marburg. Preisträgerin beim OVAG-Jugendliteraturpreis 2007–2012; Teilnahme an der Schreibwerkstatt open writing 2011/2012 und am Literaturlabor Wolfenbüttel 2013. Veröffentlichung verschiedener Kurzgeschichten in Anthologien.

Lena Zund

Sommertag

An diesem Morgen war etwas anders. Auf der anderen Straßenseite hatten sie in der Nacht – es musste in der Nacht gewesen sein – ein großes Plakat installiert. Dort war vorher nichts gewesen, er hatte einen wunderbaren Ausblick auf den angrenzenden Wald gehabt, den er oft betrachtete. Heute aber konnte er nur dieses Schild ansehen. Es warb für Reisen nach Marokko, ein fernes Land, unendlich heiß. Man sah die untergehende Sonne über einer fremden und kargen Landschaft. Ganz oben stand in großen Lettern eine Frage, die wohl den Leser dazu bringen sollte, über sein Leben nachzudenken, um dann festzustellen, dass tief in seinem Inneren schon immer der Wunsch gewesen war, nach Marokko zu reisen.

Sein Hemd klebte auf der Haut und war schon klamm von Schweiß und die Krawatte, obwohl gelockert, schien wie ein Strick um seinen Hals zu liegen. Immer wieder strich er mit seinen Händen die Schlinge entlang, legte zwei Finger an den Knoten und zog leicht daran, um zu verhindern, dass er seinen Hals berührte. Sie war dunkelblau. Samtblau, obwohl aus Seide. Sein bestes Stück, außerdem Dienstvorschrift, blaue Krawatte auf weißem Hemd. Schwere, dunkle Hosen aus dicker Baumwolle bekam er gestellt, er nahm sie mit nach Hause, wusch sie ab und zu, jetzt im Sommer zweimal jede Woche, manchmal öfter, obwohl es nicht gut war für die Hose.

Marokko war ihm egal. Gerade deshalb ärgerte ihn die anmaßende Frage auf dem Plakat – so sehr, dass er beschloss, unter gar keinen Umständen darüber nachzudenken. Zumal – völlig sinnlos, hätte das doch zu keinem Ergebnis geführt. Er ließ sich nicht einfach verführen.

Im Zimmer standen sein alter Lehnsessel, daneben ein

Tischchen mit Büchern und eine Stehlampe in Goldoptik. Abends schaltete er sie meist ein und nahm ein Buch zur Hand, aber spätestens nach ein paar Seiten war er schon eingeschlafen. An der Wand hing ein Bild seiner verstorbenen Frau Christa.

Vorsichtig biss er jetzt in sein Frühstücksbrot. Er beugte sich dabei leicht vor, um sein Hemd nicht schmutzig zu machen, unpraktisch die weiße Farbe. Bei dem Versuch, vornübergebeugt zu schlucken (er vergaß, sich wie sonst dafür wieder aufzurichten) blieb ihm ein Stück Brot im Hals stecken. Er hustete und klopfte sich mit der Faust auf die Brust. Ruckartig setzte er sich auf – und erblickte direkt vor seinen Augen das Werbeplakat. Er zuckte zusammen, weil es ihm schien, als sei es näher gekommen, über die Straße, stünde jetzt direkt vor seinem Fenster. Als er sah, dass es nur eine Täuschung war, atmete er auf. Wie hatte er sich nur so erschrecken lassen? Dieses dämliche Plakat! Er dachte darüber nach, bei der Stadt anzurufen, um sich zu beschweren. Dann tat er es aber doch nicht, sondern aß erst einmal wie gewöhnlich in aller Ruhe sein Frühstück. Dabei schaute er nicht aus dem Fenster, sondern hielt den Blick auf den Tisch vor sich geheftet. Er bemerkte, wie viele Flecken und Kratzer die Oberfläche bekommen hatte, als sie ihn damals gekauft hatten, war sie so glatt gewesen, dass man sich darin spiegeln konnte. Mit dem Zipfel seines Hemdes versuchte er, einen Fleck wegzuwischen, aber er konnte sich nicht richtig darauf konzentrieren, immer wieder rutschte seine Hand ab. Ungeduldig zog er an dem Hemd und prompt bekam es einen kleinen Riss. Er stopfte es fahrlässig wieder in den Hosenbund, wischte sich die Finger ab. Er hatte das Gefühl, als starre das Plakat ihn an, von der anderen Straßenseite.

Ihn schauerte, trotz der Hitze. Dann beschloss er, den Kampf aufzunehmen. Er starrte zurück, mit hartem Blick, bis er sich stark fühlte, stark genug, um von seinem Stuhl aufzustehen, sein Haus zu verlassen und auf die andere Straßenseite zu gehen. Langsam setzte er Schritt vor Schritt, ohne Anstrengung seiner Willenskraft. Sein Blick blieb die

ganze Zeit auf die Frage gerichtet, die großen Lettern in Weiß: »Wonach sehnen Sie sich?« Die Sonne brannte auf ihn nieder und über dem Asphalt schien die Luft zu kochen. Jeder Atemzug war wie Schleifpapier in seinen Lungen. Aber er musste es schaffen. Vor dem Plakat ging er in die Knie. Er musste seine Hose nun gleich heute wieder waschen, aber er konnte sich nicht mehr aufrecht halten. Schweißperlen tropften von seiner Stirn, die er mit einer langsamen Handbewegung abwischte. Er dachte an Christa, sie wäre gerne einmal verreist, er hatte ihr diesen Wunsch nie erfüllen können. Oder er hätte es gekonnt ... hatte aber andere Prioritäten gesetzt. Er sah ihr Gesicht vor sich.
Beschämt schloss er die Augen.

Lena Zund, 1990 in Schwetzingen geboren, studiert seit 2009 Psychologie in Marburg, seit 2012 zusätzlich Philosophie.

Jakob Zwiebler

Der blinde Tänzer

»Meine Damen, meine Herren, sehen Sie einmal die Nummer acht! Was würden Sie sagen, wenn ich Ihnen das Folgende erzählte: dass er vollkommen blind ist.«

»Die Nummer acht? Gewiss nicht! Sehen Sie doch, wie er sich bewegt! Wie er den Kreis schreitet, als wäre er ein ...«

»Ein Zirkel! Ich wollte auch gerade sagen: die Nummer acht schreitet den Kreis, als wäre er ein Zirkel. Aber wie kann einer blind sein, der den Kreis so schreitet? Es ist nicht möglich.«

»Aber wir sehen es doch! Oder nicht? Sind wir etwa blind?«

»Keineswegs; wir sehen alle sehr gut. Im Übrigen habe ich selbst einmal getanzt, und ich kann Ihnen sagen: bei dieser Art des Tanzes, des argentinischen Tanzes, ist das Sehen gar nicht nötig, ist sogar überflüssig. Ich habe natürlich auch die Augen offen gehabt, wie alle anderen, ich wollte ja nirgendwo davor rennen. Aber an sich braucht es das nicht; es ist eine Frage der Überwindung und natürlich des Gehörs, und des Gefühls für den Raum und die Musik.«

»Sie glauben also ... herrje, was macht er denn da? So eine Figur, mit so einer Frau! Ich glaubte, er wirft sie auf den Boden, dann wirft er sie aber doch nicht. Haben Sie das gesehen? Blind oder nicht, so kann man nicht die Schwerkraft ignorieren! Gerade den anderen Tänzern gegenüber ist das eine Dreistigkeit.«

»Fabelhaft! Unerhört! Ich habe es nicht gesehen, aber so wie Sie es beschreiben, geht es mir unter die Haut.«

»Und beachten Sie, er hat die Augen geschlossen. Und an der Frau liegt es nicht, sie ist die reine Schönheit. Aber wie sie das mit sich machen lässt; und er hat noch nicht genug!«

»Vielleicht ist sie auch blind?«

»Er ist ja gar nicht blind, seien Sie vernünftig! Er sieht! Er sieht besser als wir alle!«

»Blind ist er! Stockblind, und taub obendrein!«

»Reden Sie doch leiser ... wollen Sie etwa, dass er uns hört?«

»Wenn ich kurz unterbrechen darf? Es scheint Ihnen allen ja sehr wichtig zu sein, ob er sieht oder nicht, dabei ist zwischen dem einen und dem anderen kein großer Unterschied. Ich bin mit einer von Geburt an blinden Zwillingsschwester aufgewachsen, da muss ich doch wissen, wovon ich rede? Ich könnte Ihnen da alles Mögliche erzählen, beispielsweise, dass sie eher lesen und schreiben konnte als ich. Jetzt arbeitet sie als Fotografin, ihr Gespür für das Licht ist außerordentlich. Eigentlich ist das alles, was sie fotografiert: das reine, an keinen Körper gebundene Licht.«

»Erstaunlich! Jetzt glaube ich es ganz gewiss, dass er blind ist. Ich habe es auch vorhin schon geglaubt, als Sie es uns erzählt hatten. Auch von der siebzehn glaube ich es; das ist nun schon das zweite Mal, dass er grundlos ein andres Paar über den Haufen tanzt. Wenn man das tanzen nennen kann!«

»Der Raum ist aber auch sehr klein heute. Wenn man überhaupt noch ausweichen kann, dann nur um Haaresbreite. Auch das gelingt der Acht wie sonst keinem! Als wäre er allein mit seinem Mädchen, und der ganze Raum und die Musik gehörte ihm.«

»Ach, die Musik! Ich höre sie gar nicht mehr. Warum wird nicht weiter gespielt? Es tanzen doch alle noch.«

»Aber die Musik reißt doch nicht ab, sie spielen weiter wie bisher. Hören Sie sie nicht? Sie sind allerdings etwas leiser geworden.«

»Jemand sollte hingehen und dem Geiger sagen, dass man ihn kaum noch hört. Ich mache das, ich gehe hin und sage: ich kann Sie nicht mehr hören. Ich schreie es ihm ins Ohr, wenn es sein muss.«

»Bitte lassen Sie das; ich verstehe ihn sehr gut. Bevor Sie sagten, Sie würden ihn kaum hören, war ich sogar der Meinung, er spiele ein wenig zu laut.«

»Er ist nicht zu leise, und zu laut ist er schon gar nicht. Wenn überhaupt, ist er zu klein, oder sein Stuhl ist sehr niedrig. Neben dem Pianisten, dessen Füße einen halben Meter in der Luft baumeln, wirkt er ganz grotesk. Hat er denn gar keine Schenkel? Sehen Sie einmal genau hin:

Die Knie gehen geradewegs in den Hintern über. Ihr Spiel ist aber makellos; ich habe lange nichts Vergleichbares gehört.«

Jemand wollte einwenden, dass die Sängerin dem Geiger um eine Sechzehntel, dem Pianisten gar um eine Achtel voraussang; in dem Moment näherte sich aber der Tänzer, über den vorhin gesprochen worden war und von dem einige behauptet hatten, dass er blind war.

»Meine Damen, meine Herren; ich heiße Rafael. Haben Sie einen schönen Abend?«

»Warum nicht! Wir haben uns angeregt unterhalten, auch über Sie. Wie Sie tanzen, das ist ganz unbegreiflich. Sie haben uns wohl gehört? Gute Ohren haben Sie!«

»Sie machen sich doch nicht über mich lustig? Gute Ohren! Ich bin doch taub. Zudem sehe ich auch nicht besonders gut, ich erkenne kaum die Umrisse meiner Partnerin, von der man aber sagt, dass sie sehr schön ist.«

»Ich glaube es; Ihr Kopf schlägt ja fast an meinen, wenn wir sprechen.«

»Entschuldigen Sie! Darum gerade spreche ich nicht viel. Ich bin auch gleich wieder weg; ich suche nur mein zweites Hemd, ich glaubte, ich hätte es über den Stuhl gelegt, auf dem Sie sitzen. Ist es nicht da? Dieses ist schon ganz nass, ich tanze bereits seit zwei Stunden ohne Pause. Na, es hilft ja nichts. Dann wünsche ich Ihnen weiterhin einen angeregten Abend. Was wird denn eigentlich gespielt?«

»Gardel, meistens.«

»Und mein Mädchen?«

»Sie ist wirklich sehr schön. Jetzt sieht sie ein wenig erschöpft aus, sie hat sich über zwei breite Stühle gelegt.«

»Das gibt sich wieder beim nächsten Lied.«

»Ist das wirklich von Gardel? Man erkennt es kaum wieder, so wie sie es singt.«

»Was weiß ich! Von wem soll es sonst sein?«

»Da über dem Stuhl hängt doch ein Hemd. Warum hast du ihm das nicht gegeben?«

»Wirklich! Ich habe gar nicht nachgesehen.«

»Jetzt ist es zu spät; er hat sie schon wieder gepackt.«

Der Tanz setzte sich bis in die Nacht hinein fort. Die am Tisch saßen, standen nach und nach auf und gingen nach Hause. Der letzte versteckte des Tänzers Hemd unter seinem Pullover und nahm es mit, und im beschwingten, aber gleichmäßigen Schritt lief er noch bis in die frühen Morgenstunden hinein durch die Stadt.

Jakob Zwiebler, 1989 in Dresden geboren, studiert Philosophie in Erfurt. 2012 Preisträger des Eobanus-Hessus-Schreibwettbewerbs mit dem Text »Spanien« (veröffentlicht in der Zeitschrift »hEFt« und auf http://www.hessus.eburg.de).

Inhalt

Preisrede · *Die Bäume wachsen natürlich in den Himmel* 7

30 Jahre Nagelprobe –
Zwei ehemalige Preisträger erinnern sich

Ricarda Junge · *»Abgelehnt« (Nagelprobe)* 15
Jan Volker Röhner · *Der Anfang von etwas* 18

Hauptpreise

Silva Bieler · *Why not move to the woods*
    Mühsam ohne Wind 23
Sebastian Daniels · *Die Traurigkeit weiß nichts*
    von ihrer Existenz 24
Marie-Luise Gürtler · *Streiflichter nur* 29
    Sommerabend 30
    Zugvogel 31
Juan S. Guse · *die aufhebung der impetustheorie* 32
Nora Heiland · *Ein Leben oder die Welt* 35
Maximilian Hein · *Ein Abschiedsbrief* 39
Philipp Kampa · *Auf der Wiese liegen* 42
    Ein Radfahrer 43
    Dieses innerliche Wanken 44
Ann-Kathrin Roth · *Baby girl got lost in wonderland*
    and guess what – the bitch loves it .. 45
Anna Siebert · *Briefe an Alice* 48
Christian Wolf · *Eine Freundschaft* 53

Autorenwerkstatt

Ann-Christin Helmke · *Pinselstriche* 59
Katharina Korbach · *Die Fabrik* 64
Marcella Melien · *Unter Wasser* 68
Paula Wand · *Linie 281 Apolda – Weimar* 72
Manuel Zerwas · *Ziel erreicht* 74

Anthologiepreisträger

Maximilian Borchardt · *Kalte Luft* 79
Laura Friedrich · *Wir schreiben Gedichte* 81
Sarah Friedrich · *Nirgendjemand* 82
Lea Heyer · *Kurz vor Mittag* 86
Lisa Kaldowski · *Rain Dog* 88
Marcel-T. Metzke · *Das Liniendiagramm des Lebens* .. 92
Lea Maraike Sambale · *Intensiv* 97
Marie Schnell · *Falten* 102
Patrick Schön · *In einer Handvoll Staub* 106
Julie Sophia Schöttner · *Das Ende oder so* 110
Anna-Katharina Stauffenberg · *Kirmes* 114
Anne Völker · *Das Scheißerchen* 115
Nicole von Horst · *Zimmerküchebett* 118
Elisa Wächtershäuser · *Wer wir waren* 123
Lena Zund · *Sommertag* 127
Jakob Zwiebler · *Der blinde Tänzer* 130